U0952200

自画像与歌谣

于布 著

上海三联书店

自序

这是一本散文诗集，和其他同样类型的作品一样，它着眼于每一个精细的事物和瞬间。

这本书用了太多象征和隐喻的手法，以至于遮盖了原本朴实的面貌。因此，本书中出现的人和物，都是一种象征，象征着它们存在的方式——“我”就是这样存在过，在你的眼前，以后也会是如此，只是你看不到罢了。

这一副副自画像，一首首歌谣，都是为了表达真实的生活而进行的尝试。这就像是一场游戏，一个玩笑，它无需别人给我们一个准确的答案，一个既定的指标。我们本就不在方与圆的规定之下生存。

因此，本书自写完第一章之后，就一直延续着离奇、幽默、可笑、崇拜的风格……或许我们该用书中的视角发现隐藏在周围的眼睛，它一直在评判、观察并作出预示。我们可以看到很多意象都是从最简单的情景上引发出的联想。

到底是，这样的写作困难还是阅读更困难？

而此书最好的阅读方式，是诵读，而不是一字一字的被纠缠，因为一不小心，它就会让读者变的困扰和混淆不清。

我像是一个写实派的画家那样，费尽心思的选择角度、光线、构图和模特，但在最后却发现眼前出现的是某些立体派和超现实主义画家们画室里那些破碎的画布。

于是我知道，我喜欢《格尔尼卡》的草图远甚于其本身。可是，我很难见到它们，所以，我自己去创造了，但不是用颜料，而是用墨水。

在这期间，我向很多人请教过，那些买卖商品的小贩，那些早出晚归的清洁工，那些在火车上筋疲力尽的旅客。他们有的是把血液化为色彩，有的终身想成为一棵古树，有的割破眼球才能看见别人的心灵。这些如此不安的灵魂让我受益匪浅，就像是在迷途中发现了自己的倒影，以及倒影之下的目光和星辰。我的世界因而变得更为清澈，也更能揭露那生活中片刻的奥秘，它从不会那么严肃，它能提供的是欢愉。

对于一本书来说，能否回答一个问题是十分重要的，但在我看来，这也仅仅如此。对于本书来说，我只是把不一样的生活方式给记录了下来，至于能否给读者带来什么，那真的是得靠读者自己了。

当然，我本不该故弄玄虚，让读者不知所云，可是我们该知道，与其辛辛苦苦地描绘每一件衣服无比复杂的褶皱，不如站在冉冉升起的彩云间，看着身披它的人如何起舞；而我们最该做的，就是弹奏出配得上的曲调。我们宁愿在这样的一个下午被四处追逐，也不愿乖巧地坐在沉闷的房屋里等着窒息。

我想，阅读此书的过程，就是勇敢地选择了这样一种被追赶甚至被放逐的过程，但同时也是最快意的过程。

倘若此书能到达读者手中，我将非常感激，愿您能在任何一个空暇的时刻里，翻阅着其中任何一个章节，任何一个片段。希望，您所看到的，恰好是那一时刻里最快意的享受。同时，我也非常感谢上海三联书店的编辑老师以及印刷厂的工作人员，非常感谢他们的辛苦付出。

于 布

2013 年 8 月 16 日

引　子

——这是文学的创作，不是行动的指南。

在我步入社会之前，就已把生活当作逝去的王者那样崇拜了。

属于他的那些朝代，以及用笔书写的汉字，这些我们生前的模样，正经历着一次次更迭变换。而如今，该轮到年轻的人们前去觐见了。红毯正从那学会质疑的脚底铺开，只待他们精雕细琢着手中的顽石。

在一座巨大的城墙下，我们只有仰望，然后逐渐变高，但我们的周围怎么也见不到天空，更没有白色的衣服上装饰的羽翼，直到后来我们可以撤退了，沿着它的四周，在那透着青绿色光芒的砖缝里，我们发现了更多的石头和枯草，这就是它仅有的财富。细细查看过去遗留下来的这些武器，在那锋利的刀刃上，统统写满了赠语。

在护城河的深处，我们快速地游走，窒息，这份无言的羞惭，怎能在土地上露面！

在过去水中是无光的，一切挣扎，皆被隐藏。

那些王者，有一个庞大的家族，遍布在我们的周围，成为我们的邻居和土地的主人，而我们是永远的客人，是主人的儿孙还有奴仆。出生是破例给我们的优待，但仅这一次，我们应该听懂暗示，享受了之后就及早地告辞。不要试图用我们那卑贱的生命遮掩它们神圣的王冠。我在不论谁的家里，始终觉得门是敞开的，座椅摆放得整整齐齐，写满了“逃走”二字。

我去祭拜那位逝者时，不会多做停留。幸运的是，在我们被招待时，统统讲着没有根据的笑话。

之后，我常去的地方是一个剧场的中心，四周都是红色的帷幕，只有中央有一根蜡烛，而透过它闪烁的光芒，我发现自己的皮肤也全被张贴了开来。

我叩响沉重森林的墓碑，手指开始痛得叫人流泪。

那里又是在祭奠什么，间隔的恐慌，还是体内某种激素的枯竭。我们的神经第一次变得胆小如鼠，它躲进河流的缝隙里，两岸的岩石间，稍作修饰，便打扮出了更为低等的容颜，却更为的安全。

当然“出众”会带来杀身之祸，反应灵敏则会遭受刑法，只有卑贱不会受到怀疑，它不会像那些显而易见的真相，常被突然地出卖。

除此之外还有另一些生存准则：射出的箭会伤人，而士兵是要为了能杀王弑将而奋战到底，这不是预料他反叛或忠臣的手段，而是他的宿命。

说到宿命，这更像是一篇华丽的文章，必然有太多泛滥和动情的地方。

但是你从不该表现出受到宿命的鼓舞。当你独自行走的时候，这种惊喜就意味着幻想终止。一旦路途非常熟悉，我们便拒绝加深对它的记忆，而情愿把它视为自己的领地。我们未必知晓它的每一个转角，但一定赞美过其延伸的方式。

从我们身上倾倒下来足够多的颜料，然后开始铺设一小片跳舞的天地，在停留最长久的地方，树木沿着河岸逐渐生长，之后，每一个月中的一天，我们便在那树荫下徘徊，玩着一个左右踱步的游戏。

湖面安静得宛若镜子，也一同呼吸。

在那瞬间，有支队伍从旁经过，步伐整齐，身着蓝白相间的服装，走在最后的人往往面露悲伤，因能窥视到更多的秘密而生活在别人的幻想里，狭窄而缓慢。他扮演过许多重要的角色，发怒的和做决策的人，却都是他害怕的。

这些人围坐在一起，燃起秋日之火，枯黄的树叶，火红的树枝，烟火如熏鱼一般，跳跃着，扭转着身子，扑向每个人的头发和衣服里。远远看去，在一棵倒地的古树旁，他们心中正在祈祷寒冬，而面颊突然变白，吹起一阵冷风。

属于他们的表演，在那个午后，显得怪异，他们喃喃自语，开始诉说，好像听众就是自己，或是在自己内心里不断集结的士兵。士兵是和每一只鸟同样珍贵，美丽。每一条绿色手臂上的筋骨都因为用力过度而蜷缩起来，两座鼓起的小山间有一道峡谷任由群鸟飞过。它们的翅膀总是暗示着遗失，心悸的目光足以消磨大海。

在这间屋子里，几面墙仿佛是从旷野升起的梦。我们的故事满载着四五首歌谣，青烟缭绕般的越过梧桐树的顶端，最后沉浸在不厌其烦的河流中，昏昏欲睡。

这便是我们其中之一生下来就有的印记，像一条深深的巷子，总有一次要迷失其中。生命的整个过程都会因为要预示着这次迷失而精彩无比。一张张寻人启事便是他的荣誉和勋章，愿他不被找到，不被发现，否则他崇高的谋划便在鞭笞和炭火里，成为众人耻笑的灰烬，而仅有的余温还会令其儿女成为新的俘虏。

倘若他成功了，唯一可喜的是城市也能演绎如此完美的遁形，若换做是奇形怪状的山野，则处处是他的荒坟。

在我的口袋里，另一种声音，未完成的，未张口的声音，会是一个童话。

日后，它还有一个注释，是为了迎接光明的未来，而阅读此书还需要年龄限制。

我想我会得罪很多人，和我一样的人，那必是很久之后的事，我们都会出局的，而对于真相也终究是毫不知情。

历史都快要漂白了，有关的书籍也是如此，国家的旗帜，民族的服饰，远不如某些街道热闹，更吸引人。

只有深邃的褐色建筑群会令人望而生畏，它们渐渐有着秋天一般的身姿，令人十分伤感和不舍。

每到一个城市，我们都要约定要在那里度过三年以上的时间。

而如今我所居住的城市，阴雨连绵不断，食物也过于油腻。外省的人抱怨着，统统无济于事。

饮食是一种性格，狂热的夏天和永恒的黑夜更接近这种性格的人。我们需要这种狂热，尽管来的缓慢，但总比在寂静中快速的衰老死去要高贵的多。

烧焦的味道，流窜在潮湿且富有文采的居民区，我们花一个下午记录它们的名字，像是从布满尘埃的岩石上触摸着精美的雕塑。然而很快，每个晚上我便开始遗忘，记忆中磨灭了它们那特有的纵深感，如今就再也找不到了。

早晨起床时要面对奇怪的寒冷，从而总是错过约定。而之后的一个手术，让我和所有这样的时刻变得遥远，我一直躺着，仰面看着它悄然走过。

别总在那时吵醒还在发高烧的我，瞬间引发的抽经会毁掉一整天的安逸。我的神经从此都不会舒展，时刻得担心自己会跌倒，骨头总显得僵硬，说不定已经蔓延至头脑里了。那里，在我幻想的堆积下，全是雪白的盐。锋利的齿轮在运转着，蜷缩着，刚好吻合梦的枷锁。

我自己终究会成为一本白色的书，装订上红色和黄色的图画，经过印刷厂，在一楼的大厅里，一摞一摞的被运送出去，在四楼或是另外哪个楼层，尽是用激光写就的“待售和试验”。

我在那时会变的多精致，足以堪比古老艺人用陶瓷打磨的花瓶。

有很多张网，编织成我的身躯，炎热的空气在我体内产生灰烬，我觉得我要呕吐了，而世界却变的澄清无比。

总有许多人用完了属于他自己的清水，便用泥土作为替代，而且更加奇怪的是，他们还不懂得石头和麻绳的好处。

这只是一些古老的谚语和传奇罢了，可是还没有完。

我们抢夺了飞鸟的窝，于是它们开始在地上做巢。

那一年我们风风火火的跑到一些车站，在你还那么异常兴奋的时候，我看见平原上所有的灯光彻夜明亮，像伸出的蛇头乱窜。

一场梦总是给我很多重要的启示，首先便是遗忘，其次才是半裸的身体。

离开家之后生命的延续，是对出生的倒退。而更加固执的确认我们身份的行为会发展为一种背叛。

因此每个梦都会是我的一面旗帜，在恰当的时候举起来，让我相信它，它是我思想的兄长。

我的家族就只有这很少的几位成员，甚至用不了一间房子去填满。只要一件厚厚的毯子就可以过冬，如果可以的话，再加上一首安眠曲吧。

磕破了头，打碎了碗，啊，童年，一次次我从墙上翻倒在院子里。而这些正在引诱我回忆的伤痕，是想让我在年老时无事可做么？童年本是未来生活中的一种幻想，但你越是经常性的回忆童年，你的未来就被吞噬的越多。

就在昨天熙熙攘攘的人群中，我没有发现到一棵树苗，一朵花草隐藏在他们步履匆匆的身影里。我望着手中空空如也，开始倍感羞愧。

还是回到最初的祈祷上吧，就是在一张床的面前，我们展露了脆弱，变得固执和矛盾，并开始厌恶所有的人。我相信一位祖先说过的话：窗子，也唯有窗子可以解决一切难题。问题是你敢站在那里么？

而仅仅一家餐馆，足以让我望而却步，它的复杂程度远不止于一碗汤的做法。

然而我会喜欢上厨师、服务员、老板以及他的妻子。很久之后，他们必定是我的熟人，但因为难得见面一次，我会更加崇拜他们。

在类似的人面前，我经历着仿佛是过去的某个朝代。

所以有一天，我会消失于这些人中间。

他们若是去远游，我则独守房门。

我的邻居也都是些神秘的客人。

……

第 一 章

季节的四个方向

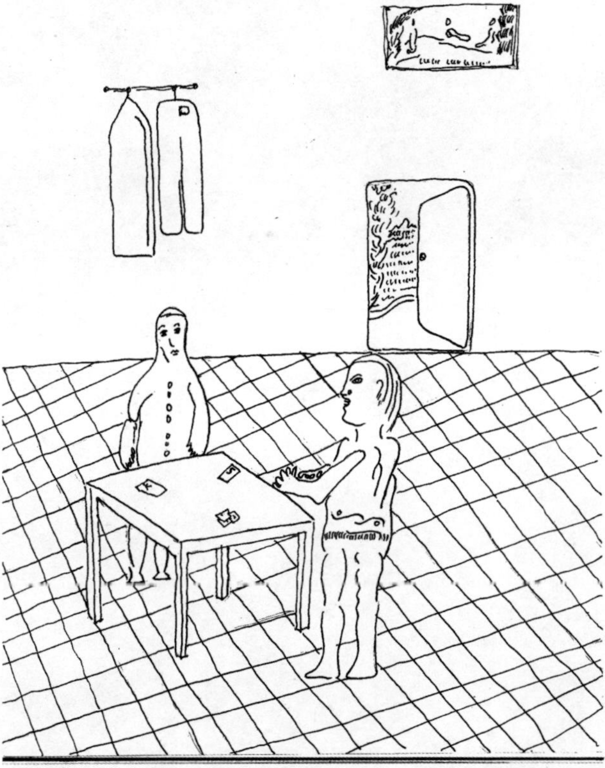

——年少时，我们淘气地把冰块融化，之后，便一直追逐着它流逝的方向找寻着我们自以为遗失的足迹。

我非常疲惫，哪怕是写上一丁点的文字，甚至都开始害怕起来。恐慌总是像易碎的玻璃那样被风吹响，我又能指责谁呢？安装它的工人么？可我们从未谋面，我该把他臆想为我的一个朋友，个子不高，身体肥胖，但却跑的很快。

来不及翻开手中的书，一个女子的日记，她和我争夺着彼此，最后我在她棕色的威慑下屈服。在写下我不认识昨天见过的所有人之后，她又开始鼓励我，或者至少是暗示我，用她那丝丝脆响的声音支撑着我继续写下去。

我被她的梦惊醒，但愿那只是她做过的其中之一，我被刚才的朋友紧紧的掐住脖子，双方缠绕在一起，在我的四周，这样的场景遍布整个房间，这还是在上午啊，为何我们会如此愤恨彼此？阴影，那寒冷的季节里还未彻底的褪去衣物，它和我们的身体笨重的摔落在地板上，如此，我才清醒过来。

可没过多久，我又幻想到了另外一个地方，我的视野里是一个年老的背影思量着如何开始与其他人和解，曾经，他成为一个远赴沙漠的商人，一位被四处流放的官吏。他的手和胳膊和大脑都纠缠在一起很久了。

而如今，他的身体，这巨大的冰块将永久的沉入深海里，但我却非常自豪，我们都是向光和热妥协的。

我非常喜欢一个夏天和一个冬天这种字样，或是一个方向，南方还是北方。好像那预示着什么，因此每一年的开始，春节过后，我们都抢着用纸牌安排自己的出行。

大哥在春天去往北方的某个城市。

二哥将在秋天从东方的山地里返回。

而剩下的我们，用整个上午和下午轮流在车站等人。久而久之，当我的手里也握有一张纸牌时，那是何等的让我热泪盈眶。

那是一张红心的 K 和梅花的五，在最初，没人能懂得那些牌的深刻含义，直到后来，我只身在外，间隔的收到家里寄来的信封时，才恍然大悟。

那一刻，我为我说过的话感到羞愧不已。

当我离开家时，就为自己取了新的名字，现在看来，我用冒充的名字四处游荡，无异于自取其辱。

而我亲爱的兄弟姐妹们，他们总是很相似，总是会同时出现，这也要归功于我假装生病的本事越来越高。

我在外面四处游荡时，常常听说着这些事情。

一个新闻：拜访，这是双方的权利。

但如果我成家了，就用巨大的投影仪来欢迎客人。我要把来访者的面貌放大很多倍然后投放到黑色的墙上。

敢于敲门的人，必须得看上一部电影才能离开，他的肖像也在电影里不停的闪烁着，成为一个永不退场的角色。我热爱喜剧，只有他们的摄影机才能巧妙的隐藏在窗户上、门扉里。偶尔，还会在我的指尖下。那针孔一般的大小，是否向你反射着树木的缩影，双眼的疾病？

我还会准备一片草地，让他躺在那里，悠然自得的迷醉。

这其实是我驱逐人的方式，我讨厌赖着不走的人。

在一个街道的转角处，它的一栋建筑异常透明。没有尖锐的棱角且任由行人穿梭，每根柱子的旁边，身患皮肤病的枯树和神色紧张的小偷一起气喘吁吁，眼看又是一个雨季来临，却还没有几张节日单散发，人们都慵懒的靠在稀有的阳光下——这天然的石头雕塑，它每一刀刻过的痕迹都足有一整条街道深。

而我们居住的房间，或者是都市中的洞穴，有着温和的玻璃和乖巧的墙壁，新雇佣的管家掌控着我们眼睛的形状，一大堆变动的数字，贴满了墙面，健康指数、鸡蛋的大小、49 度和 0.65 米。

这又有一个家庭，在我之前见过的那本童话书所讲的故事就发生在此。那些父母们一生努力不懈，只为实现自己孩子们的天真幻想，因为有一天，当自己年老时，能和再下一代的后辈们一同在那些幻想里进行着古老的试验，这必定是令人激动的。当幻想成为了现实，他们便能确实的握着闪电的尾巴，任由它在真正的天空里奔腾。而一个普普通通的邻居，正说不定驾着响雷驶来，他们都成为了传说中的天神。在认定了这场游戏是多么荒谬之后，它的结尾会是异常精彩。

恍惚间一场风暴过后，又什么也没有留下，我又返回到寂静的河畔了，它滋养的村庄正经历着自己的黑夜和白天。同一时刻，人们开辟出狭窄的路径，一直延伸到祖先的坟墓。在那里，痛哭流涕再一次发作，跪拜和作揖的影像磨平了每一个阶梯。刚做好的热气腾腾的食物被埋进土壤里，在冰雪还未彻底消融之前，田地里已是一片富奢。有一个人甚至说：还是靠牲畜我们才取得了丰收，靠它们的尾巴才取得了胜利，靠它们的内脏，我们才长得高大。可惜它们听不到这些赞扬了。周围的人一起大笑着。在上了最后一炷香之后，他们告别了血红色的桌子，浩浩荡荡的消失于渐渐升起的淡蓝色烟雾中。

然后他们中的一个人，走在最后，心中却在担心自己已被窥视，他寻思着，在这之前和之后，难道旷野里会一直如此悄然无声么。他祈祷祖先们能多给他几双眼睛，在他的四周应发生着许多意想不到的事情，他不相信每一个人的说法，那是欺骗者在浑然不知的情况下所说的高超谎言。他缓缓走下山坡，留恋的向每一个角度观望，让目光的残影多停留一会儿。他想着要是荒草和阴云能成为自己的四肢该多好，至少我不会像现在这样残破不堪，却又无可奈何。

这些村庄充斥着毁灭，或是堕落的阴影，随时都会有带火的巨石砸下，河水泛滥，月光黯淡。

行走并携带着最少的行李，这成了一种几乎仪式般的虔诚，落地的红叶，酒醉的气息，都尘封在酥软的黄土里。这种神圣的碑石上镌刻着令人肃然起敬的词句，曾为之引吭高歌的人们已然像群星一样照亮了黑暗的森林。

他们生来已有千年，逝去时满怀期待。

上升的月是为了完成深水之底的愿望，因此她也得以拥有那般透澈的光芒，它的群峰像波浪般闪烁。

在原野上，我看到那透明的山川在缓缓流动，像一位熟睡老人的胡须，一切隐蔽的生物都现出身来，奔跑的野兽，甚至还有掩埋已久的尸骨，密林和杂草一起发笑，它们在松软的土壤里尽情起舞。

当然，我还看到另一位陌生人。她向我走来，红色的衣衫自在的飘荡着，沉重的浓发被风缠到了树枝上，双脚被流水静静的冲洗，但只有她依然陌生的微笑，像天空里的群鸟那样，传出悠扬的歌声。

这在天上地下，别离的双眼，只能以自己的倒影视为彼此相拥相会的时刻。

因此，我穷尽一切崇山峻岭，原野道路，以及人的躯体，动物的嚎叫，凝固的石头，只为了发现一面镜子，巨大的镜子，覆盖在时间之上的衾衣，能让我至少有一次，不再和她诀别。

后来，一点点欣慰的迹象逐渐出现，不再因我喜好沉默而有所辜负。自然的距离，比如说两棵树之间，是多么耐人寻味，没有谁可以看出多少花样来，你要把身体置于其中，在我的面前，你和我被迫渐渐向后倒退，直至模糊的宛若一滴雨，一场雪，一阵风，从来它们都不提醒我你还有这么多秘密的地点是我所不知道的。

还有那些金黄色的残影开始蔓延至逆向流淌的瀑布，在傍晚它的威力不过如此。如此怯懦，恰如我第一次学会的直视。

一朵朵花的名字，一座座山的位置，一条条街道的方向，都是些幸运的符号。我因时常为之庆祝，而总能拾取到返回的路途。

旅行，我总想到它。幸亏，它不是另外一个词，流浪，这又意味着遗失和忘却。转瞬即逝的永不是苍白的景象，而只是双眼的颤抖。或许是如此长时间的裸露自己，令它难堪不已，它感到了寒冷。

有时它最脆弱，没有痛感，它能将感觉蒸发的干干净净。它越是深邃，便越是方便别人进入。欺骗因而变得简单而常见。

重要的是，它还设定好了一个弧度，难以预测，却又随手可得。凭此，我第一次探知了步行和身高的奥妙。它将我安放在窗户下，门的中间，一幅画的前面，往往还有其他人的存在，好像是我那极为隐秘的孪生兄弟。

就好比是刚才，我试着对丁香花也产生一种深厚的情感，因为在这样的一个下午，没有什么人陪我，也没有谁可以告诉我刚才我写的句子到底怎样，只当我随意翻开一页书的时候，在那小小的花瓣旁的缝隙里写满了字：在一些重要的日子当中，我们在一处小小的山坡上守候着能带来好消息的雁群们。

每天，我驱散着身旁这些人从不清洗的味道，像极了煮熟的沸水，但从未成功，我怀疑起自己也跟着病变，健康生长的基因要被蒸发掉。我只好躲到了两个身着奇装异服的乖巧的小矮子之后，他们会扯起巨大的幕布，邀请树干上新迁移过来的居民，演绎出欺骗和幻想的游戏，手段是撕裂，虐待，用利刃雕刻人体，用毒液唤醒埋葬许久的性欲，当然也用黄土慰藉伤口。

我开始感到害怕，但有关如何终止这个游戏的借口和想法都被抹去。从一口深井里吊上一桶水已令我眩晕，再把它抬回去，就好比是深陷一场只输不赢的赌博，额头的汗水滑下，在倒映出葵花的井底里渐渐沉没。我见过它那里的阴冷，潮湿，那水窖的四壁仿佛会成为我永久的肠胃。那充满魅惑而清悠的一道亮光，使我的每一次行走都有堕入其中的危险。那泥泞的阴谋，存在于肌肤阴森森的毛孔，存在于每一条平直或是弯曲的道路上，而随处可见的凹凸的岩石，又是其面容的另一面，它的同伙，或者就是它在阳光下延伸的藤条，它们统统能令我生病，无休无止。

这些远方，不能走的太近。

这些影像，不要探听虚实。

无论如何，都要找一双会治愈伤口的双手，然后再安定的度过旧日的时光。

我自以为我是精神分裂，四肢也会七零八落，被割伤的却仅有一个大拇指，那是为了一个夜晚的某一时刻，我奔跑着要迎着酒精里透过的微风。有一两个冬天，早晨我就靠它来洗漱。而在此刻，和我一起负伤的你就只是朦朦胧胧的一个幻影。你曾在更早的时刻里等着我，天还未亮，我们就已上路，可惜还不到正午，我就几乎不认识你。

不要责备我怀疑过你，你有时也和我周围的的陷阱无异，虽然我常常看到你身后繁花似锦。但你要知道，面对突如其来的真实，我要花更长时间来辨认。

以前，我玩过捉迷藏的游戏，我喜欢闭着眼睛，可是，等我睁开眼时，有很多人，好像就再也没有被找到过。后来，他们有的人开始朝别人喊叫，或是故意现身。而只有我，装作一无所见，在大声宣告游戏并未结束后，我独自回家，睡了个午觉。

我的确也算是去找过了，也许他们是懂得了如何隐藏，我为他们建造了很多个藏身之所。我没有放弃过，甚至在我平静的面容下，我的梦中，我仍悄悄继续着寻找和搜查。

我从未告诉他们，只有当他们首先找到了彼此，然后再来找到我时，这个游戏才会终止。

对我来说，这些游戏的规则和秘密，总是引向一条更为荒凉的土地，混乱的风暴，流血的脚步和晚饭来临的时刻将这条道路据为己有。

这是个没有主人的地盘，一切皆为暂时的租借。

唯一的歉意：原本我就不是为了寻找所有人而出发，而只是为了能获得一处开始就躲避了所有人的地方。

锋利冗杂的野草依次长出，一块块蓝色的石头掩藏着断裂的沟壑，它是一道浓密的眉，停驻在胆怯的河流两边，远远望向它们，那混有动物血腥味的大门在双手的麻醉间缓缓的打开。

每听到一次吱吱呀呀的声音，都会有飞鸟的翅膀坠落在心头。

然后你感到全身发紫，双眼所见恰如时光倒流。你是在向前迈步，若有所思，能清晰的忆起当日在屋顶来回的跳跃，在田野间放肆的昏睡，在幽暗的树林里拾取遗落的宝石。

你感到羞惭，某些重要的时光（如童年）就在这紧张的瞬间成为过去，更多的人进入你的生活，并宣布分割掉你仅有的土地。苍老的瓦片，成熟的玉米，金光闪闪的碎石子，统统悬挂在巨大的玻璃下，和出售的肉类、野草捆绑在一起，你在它们面前，成为了一只饥饿的野兽。滚动的惊雷偶尔来临时，也是格外的沙哑。它象征性的哭喊了几声，寻求着旧日可怜的威风。

它点火燃起自己的双眼，以为那就是夜晚和早晨的交接。它化为一位幸福的母亲，一手牵着一个孩子，漫步于充满幻想的云层以及冰凉的海岸，每一脚下去，都是日后凹陷的印记。

大火就在此时偷生，烧毁所有开满了商店的整洁街道。

然而，我们都在石头上行走，在山崖间居住，让我们不至于迷失和摔倒的是树木年老的根须，它们出现在四面八方，无限制的生长缠绕，等我们重建家园后，孩子也找到了母亲，它们又消失的无影无踪。

像医生一样，挖掘我们的身体，集合所有人精致的瞳光，肠胃的深处用来模仿海洋（这样吞食别人会认为是一项功劳），人人保持着仰头的姿势，这都将成为一种新的祈祷仪式，不肯漏过任何一个气孔般大小的区域，还好这样的天空时刻都能有耀眼的彩虹出现。我们寻找爆炸后散失的粒粒尘土，它是我们的先祖，也将建立起我们下一次要篡位的国度。

身体在变小，被蒸发掉的水汽拓宽了云层。因此，我们需要更高的柱子和宽敞的房屋，它们也可能只是去充当一个世纪里思想的聚合体。那里要居住着一个新的物种，它能一口吞噬以过去的钟表为时间刻度的人。

只有几块石板拼成的阶梯，围绕着一座拱桥，我们轻盈的竟可以从它底下飘过。沿途经过的景象只是使方向变得更为弯曲而已。那呼喊着上岸的人，却迟迟不肯扭转目光或是径直的跳下河去。低垂的柳枝只是不住的招摇着，虽没有诚意，但也算是友好。它似乎对我们生长的那个未来更为关切，下一个港口，它们扮作卖酒的商人，尽管已经先醉了。只是那蜿蜒响亮的歌曲倒改变了出行的季节。

他们盘算着道路的曲折，在那绿意之下，永远是挥动的几缕哀怨。像极了偶然遇到的葬礼，在我们的国土上，白色的旗帜因而插遍了从房屋的主梁到牛马所踏过的每一块青草地上。

我斜着身子才能看到这些直观的景象，但紧接着平和而安静的新一天提醒我这只是一个误会，好比是一把菜刀错伤了手指，那白皙圆润的血珠，带有尖锐的痛感，穿透水晶玻璃，寻找它往日的棺椁。

两个黑夜就停留在那儿，只是不小心被打开了而已。

大雨过后，我们亲眼所见的湖水泛滥之地，处处显示着分裂和轻薄。

它更像是一件多余的衣服，一大块缜密的白布，我们的雕像会印在上面，年轻的模样也重现出来，沉着的令人惊讶。

有一个神奇的传说，新娘的品德取决于出嫁那天天气的好坏。永远闭眼的人也一样，在他们躺着的棺材身旁，一些人掌握着阴晴雨雪，他们摇着铃铛大摇大摆的给死者送行，这种技艺世代相传。

我曾受惠于其中一人，他治好了我年少时冰凉的双腿，在一个晴朗的午后听到了他离去的讯息，那一刻我看见一扇门打开，我进去又出来，献礼呈给原本比我的侄子还小一辈的人。在那之后，我感到身体随时都有崩塌的危险。

一条白雪覆盖的山路，忽然上演着一起密谋已久的凶杀案，人们不知该往哪里逃窜，唯独静静等候着结局，谁最先哭泣，谁将先失去一个爱人，剩余的人依旧是那么愚笨，对眼前的境况毫不知情。只是他们转眼间又成为花钱雇来的帮手，绑架了吓的腿软的人，快速逃离。

后来，凡他们所经过的地方，泥土皆融化为河流，而长眠于此的人，则成为他们的梦境，他们是靠着那些喃喃自语的梦呓偷取生命。他们，绑架者和被绑架者，早已是一伙人了。

和第一个倒下的人一样，他们对生存的欲望依然很强烈，他们的诉求一直刻在祭祀时的桌子上，只等着云雾降临，把它们卷走。

倘若他们一个个是健全之人的话，会感到一种被关禁闭的耻辱。身上缺乏跳跃的力量，不知道如何忍受没有呼吸的境况，他们微弱的动静甚至都招惹到了乌鸦的仇视。

只有那早已完结的大雪，递给了他们残存的骨骸。

我还听说过双胞胎的两兄弟互相了解彼此甚于他们的母亲，倘若真有这样一对兄弟的话，那么现在，他们到底也该分别了。

倘若一个去直面阳光，另一个则去触摸大地的皮肤。他们靠着山峦和石头感知对方的存在。一个是另一个迷失的方向，但他们暂不会重逢。

要是能和他们其中之一相遇，你也会觉得自己是残缺的。

这也是他们上路的原因，你要紧紧跟随。

第 二 章

出行，为了黄昏

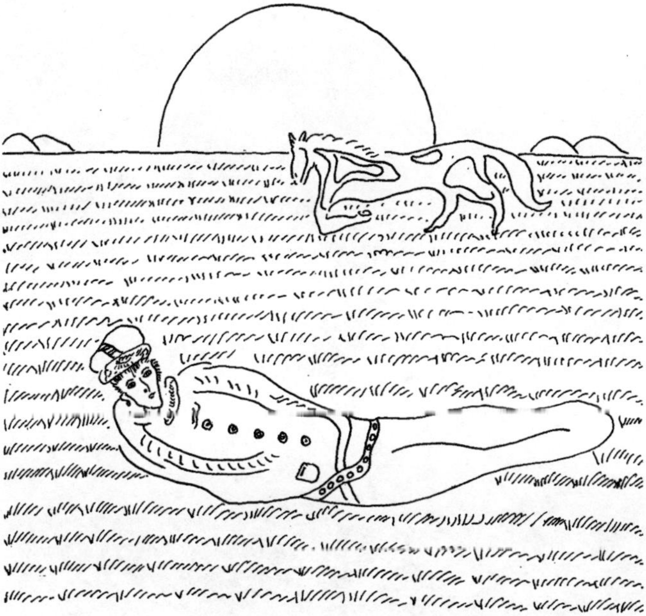

——他的长大，就成为了仅有的回忆。

在第一章里，我躲避着来自四面八方射来的利箭，那季节的每个末尾，痉挛瞬间传遍我的全身，身体也晃动的厉害，变的晕头转向。在每一条写满名字的大道上，我常常让孩童成为我的指路人。他们说，在这一章里我该不走水路要走陆路。

这是一场贸易的里程，我就是那个要去谈判的使者。但我从不擅长扮演这类人物，也不知道上面的人为什么要我去。我只是穿戴好了工作服，帽子几乎遮住了我的眼睛，他们还派人剪掉了我的头发，我辛苦积攒了几个月的长发就这样被一阵烟火给烧糊了，那气息直入我的口鼻，我这半年来的斗争和悲伤又一次付之东流了。我那仅有的助手打开门，微笑着看我，半天也没有言语。我看见他的手指在裤缝间抖动着像跳跃的音符一样。在没有温度的光照下，我的目光在溪水中沉沦。在这穷山僻壤间，能看到溪水，能到山野间寻找城市里的那种太阳，能在荆棘中发掘东西南北，这已是我们的幸运了。

我们排成整齐的队列，早晨一起洗脸时，在镜子面前讲述了各自的梦以及我们身体的全貌。每个人口中只有一个数字，来来回回在走廊间回荡，那就是制造我们的零件，不需要精密的绘图仪器，也不需要熟练的工程师，大多时候我们靠自己学会组装拼接，只要一声哨响，在仅有的几分钟之内就会出现一个到处会奔袭的机器，当然每天我们也要被拿出去供人展览，或是在旗杆下，或是在山野间，前进的号角声不曾断绝。

我们找到资历最老的那位长者，询问我们真实的身份和名字。他说，你们找我没用的，你们该去查看你们登记在册的年龄。年纪轻轻的小伙子和姑娘们，不要到处乱跑，你们的脚下是一幅幅地图，一个脚印就可以跨越到几千里之外呢。

可是我们搜查了他的所有家当，却只有陈旧的房檐，慵懒的旧衣服，以及在雨天打拍子的门板

我和他却又有着极深的亲缘关系，什么事也瞒不过他，我对他言听计从。昨天他让我去拜访下新来的邻居。于是，我装扮的风尘仆仆，穿过一条街道，一直到城市的另一边。不论是早晨还是晚上，不论我的衣服是崭新的还是脏兮兮的，我觉得每这样出走一次，我的人生就重复了一次。谁也不会知晓，谁也不会记忆，和我相遇而又分别的人和两旁的树木、砖石都是一个样子。漫步其中，我更愿意自己是一位裁缝、送花的司机或是城市规划者。

我随意更改着那些历史街区的模样，让它保护我，保护与我相遇又分开的路人、树木和砖石。这里边狭窄的街道尺度，能够阻碍沉重的空气和它的污染。

城市的进步源于开始压缩街道的宽度。名山之中的洞穴，装饰着最古老的灯具，光线还不足以照到一个人的头顶。古老的领导者，他们发酵了的气味像霉烂的烟草那样，在大雨的早晨如打开了闸的堤坝。侍卫们还没穿好衣服，他们就开始唱起幼时自己熟知的歌谣。另一个山洞里，他们的女主人试图抑制住哭泣，她的其他儿女们默默的守在一旁，一盏灯亮了又暗，这已不是能再养育他们长大的地方了。这个村庄，成为了一块石碑，写着日期。那一天之后，她的所有亲切而又年老的邻居纷纷逝去，但她却一点都不知情，这种隐瞒，直到她学会了适应惊吓才被揭露。

她聆听着侍卫们小心翼翼的叙述，这个村庄已改名换姓，成为了别人的领地，新的主人很快就要来到，我们都将被驱赶出境。她万分沉着，一直很有精神的看着眼前的那几个人，所有人其实都被她看成是自己的亲生儿女。在一个人的额头上，一股血迹缓缓流下。她好奇的紧盯着，想知道结果会怎样，可是直到别人都走光了，她才回过神来，她又把刚刚那些人唤来，觉得有一些陌生。她开口说道:你也该回家去，看望你的父母家人。其他人也都可以散去，现在我允许你们随心所欲的去哪了，你们以后也不用再回到我这个老太婆这里了。可是他们的回答都是一样的，一阵阵哽咽声令往日雄壮的口号成为绝唱我们现在哪也不去了，我们就守在您这里，因为我们只有您了。他们关闭了所有的城门和关卡。

她的一生忙于准备各种盛大的节日。前半生用来编造出美好的名字，后半生用来安慰子女。她收到最好的礼物就是这些儿女，而他们则一心想着如何在这些节日中挥霍。这份赠礼，诚如后来所印证的那样，他们唯一的愧疚就是玩耍的还不够充分。

这一场游戏本无终止的，她只想让他们开心。

“我知道的太少了，本该教会他们更多，不然他们也不会如此绝望而无知。”

但在这游戏的最后一幕，却又不断有新人加入，他们一起站在江畔前面，等着礼花响彻云霄，这是他们最后一次的欢迎仪式。此刻，庆幸的是，他们也还没有醉倒在劣质的石灰墙下。身后淡绿色的空房子，好似一处带有建筑玻璃的诡计。多少人奋力玩乐的心愿，都曾被它反射的光扼杀致死，而他们的渴求更多，足以令江水一起沸腾。巨大的泡沫接连从江水里冒出来，一些人竟然跃入其中，感到异常温暖，其他人纷纷效仿。他们掀开那白色的棉被，自己的身躯渐渐都沉入了夜空之中。

等他们醒来，他们宁愿相信自己都已一无所有了，不论是衣物还是思想，即使是一丁点的保留，也是一种罪孽。树木被砍刀后，大地应该清理掉它所有的根须，而根须，只是彼此奢望的载体。

而奢望，众所周知，不过是一场突如其来的沙尘暴，这是大自然最小儿科的手段。人们在街头巷尾谈论着它，尽情的开着它的玩笑。修补鞋子的老人，卖风筝的小伙子，一个幼儿园的孩子，他们都相熟的很，微笑着在一个路口分别。

但我们不会在沙尘暴中迷失，总会有一双穿破的鞋子，一个在晴天买风筝的小女孩，在某一个失落的午后，提醒你不要太轻易转身，否则，那同样哭泣的声音会令所有出行的人们，一起抬头，一起肃穆的站立。

这只会令人崩溃，我思量着何时才能再下一场雨。我走进一个屋子，恍如隔世，我身体的各个侧面倾斜的悬挂在每一个角落里，让不小心被扬起的尘土闪烁着荧光。

它们都和酥软的沙发、柔软的床单一样让我昏昏欲睡，但却总是和我的画像一起，凝滞不动。

雨，割破一栋高楼的表皮，狭长的窗子外面是某一处被掩藏的沟壑，那里常有羊群的通道。我们在对面观赏着这精彩的杂技表演，偶尔纵身一跃，便意外的陷入泥浆之中。

无法再找回鞋子，留在那里有一个上午也没人会来。等着衣服晒干，那些羊群早已不知去向，它们定是回到了家，希望它们能带回我撼天动地的求救讯息。

后来每一个雨季来临，我仿佛又站在了没人看管的它们中间。我紧跟着那渺小奇特的脚印，从半空里一次次坠落。即使我对雪白又轻盈的羽毛没有遐想过，却铭记着那倔强又温和的身躯。它们常常卧倒在地，我祈祷着那真是一朵朵云彩。日后，当我四周变得昏暗阴沉时，它们同样能再次带上我的讯息，四处奔走。

雨滴在此刻降落，对我来说就是一场救赎和怀念。

甚至，那还是一种告诫：你不该再继续向前了，你的路途都还在身后，在过去耕耘过的某一处凄美而又普通的田野里。

可是，只要我一回头，那里已尽是荒草。陌生的人却能安然的走在上面，他们凿开一口口深井，倾注着毕生的心血，我望着，便只能远远的走开，只在每年祭拜祖先的时候，才路过。

一群庞大的蛰伏起来的野兽，在田野间不知会发生何等吼叫，我和村庄的年轻人们经常从黄土中燃起烟火，期待着它们变为长久的安眠。

我们从梦中惊醒，紧接着会生一场大病，只有姐姐和哥哥们能避免。我比以前更加清晰的忆起了他们，在树林间的玩耍，在院子里睡到天明，那房间呛人的光线，以及几块古老的硬币。最后在一个节日里，他们走入其他邻家时的冬雪，像极了作为祭拜用的馒头。上面的几个黑点，就是逝者凝视自己儿女时的黄眼睛。

年幼的我多想成为一个父亲，只因可以见识到上一个世纪里祖辈的模样，以及很多素未谋面的人，他们又是怎样发脾气骂人，怎样的在很晚才回到家，怎样的为子女张罗婚事。

很多天，我也为这种错失机缘而心怀不安，仿佛有多少时光都被窃取了，只留下一个幼童，在七八岁才清醒过来。他牙牙呓语着讲述自己的经历，自己在山底下的一棵树里隐藏的玩具，他说的异常详细，以至于吓的别人以为他通晓自己的过去未来呢，他成为了远近闻名的神灵的侍者。

他的长大，就成为了仅有的回忆。从一片日光下，凭空涌出无数条道路，他隔着玻璃，斜躺着身子，注视着远方的地平线。落日就是一匹背着篮子奔跑的大马，它撞击每一座土墙，房屋和山丘。穿越长满杂草的荒地，甚至还意外的从峡谷里摔落，天空飘过几朵白云，候鸟也飞过了几群，它才又挣扎着一跃而起。

他说，那一次的情形，在后来转变为我身体的一部分，只要当我睁开眼睛，它们就又一一重现。

然而，等他偶尔有一次意识到了自己能真正的睁开眼睛，已经是十多年后了。在这之前，他极力的鼓动自己和别人生活，那些瞎子和聋子，曾经信誓旦旦的给他指引了很多条金碧辉煌的道路。他醒悟了，之前，他一直在重复着别人的方向。某个人的东，某个人的南，各自婉转而悠长，但在他看来，都是通往同一片荒地。

他改变了职业，填补了自己衣服的颜色。蓝、白、红，一点点绿色的裤脚。他从一个地方到另一个地方，而那匹鬃毛昏黄的大马依然能尾随在列车的附近。他去几家医院进行过治疗，躺在床上，安安静静的等待着天明，恰如守护一个迟到的约会那样。他把窗户掀开一个小缝，故意放些雨水进来，以便给自己和别人洗脸，要给医生讲几个笑话，他才得以出院。

他的野心是在二十五岁之前能拥有除了眼睛之外的力量，他的身体只是被冰冻住了，他需要一个漫长的春夏两季来融化，而秋天，他要去学习音乐和绘画。冬天，他感到害怕，因为十二月是非常疼痛的月份，他以及他所爱的人都会变的不近人情。

很多年前的一个幻境，他和男男女女坐在客厅里，沙发上，他们商量着要演一出戏。于是各自给各自想着角色。一个女孩子说：我要演一个聪明的书童，旁边的人推了她一把，你太刁钻了，演什么书童，我看你还是演个郎中好给自己看病吧。她又辩解道：你们哪里知道我，每天傍晚，我都给一个人当书童的，只有我知道家里所有笔墨应该在的位置和数量。这样我还不配么？别人是再没谁敢和她争辩的。这时候又有个男孩子站出来说，那我要当一个酒店的老板，到时候我会给你们在二楼预留一个很好的位置，怎样？这个主意大家都交口称赞，拍手通过。紧接着，别人也都纷纷写出了自己的角色和名字，扎着辫子的算命先生、挑着干草的凶神恶霸、带刀的女衙役等等千奇百怪。他一一翻看着，觉得十分有趣，于是也在一张白纸上写下了自己的角色：清明节的牧童。

他于是就设想了一些场景，用窗帘扮作的幕布之后，他们成对的出现，一手叉腰，一手捉刀，威风凛凛。窗台前的光线在这些身材矮小的人身后缺了一个角，只好沿着刀刃一闪而过。他凝望着那里，也看见了乌云在潜伏，悄悄积聚在这个空荡荡的房间里。他慢慢意识到自己和别人的不同了，那种距离，不是靠一两场怎样厉害的雨能弥补的，得是一出戏，一出随意拼凑而又精彩无比的戏。

他偏爱下雨，就如同他时常大汗淋漓的身体一样，哪怕只是几滴，也犹如一场浩劫那般。颤抖的树叶，匆忙的脚步，他不会被这些声音的节奏带动，而是气定神闲的穿梭其中。屋檐下，池水旁以及一座凹凸有致的建筑物前，都留有某些暗示，那是给他的暗示。他在那片刻将自己掩藏，好像随时都有蒸发的可能。

从前，他也是莫名的崇拜一些地方，他一个一个的去探访，疲惫不堪。但有些又无法到达，只好心存幻想。于是，他将那里当做自己的嬉戏之地，充满着追逐、祭拜、道路和抢劫。那里经常出现一次次斗争，原本可以令他脱胎换骨，但在返回时，却往往心灰意冷。当他被问及那些地方的风土人情时，他又不知作何回答了，最后他说了一句话，连他自己也听不清，好像十几个数字排列而出的谜语。不是里程数，也不是旅店的房价，可能是他错过的车站。

这些地方后来在他的人生中反复出现，除了引发恐慌、好奇、天真，还能制造暴乱，不管是二十年还是三十年，总之他都心乱如麻，那些年没给他几天安安稳稳的岁月，反让他成为了再次逃脱的罪犯。有时，他把自己给关了起来，一连几天，好像要窥视自己更多的秘密，他也去询问过其他人，但他们都像是忠诚的战友一般，怎么也不肯泄露丝毫。

这里已不会出现任何一人了，以后也不会，只是先前那部戏剧中，有一个人最后远走他乡，他要去度过一个只属于他自己的节日。

一个人穿着黑色的上衣，燃起烟花。他走向深夜里的丛林中，他将为谁带去秘密的讯息，他对谁来说是太阳和炎热。他经过的月亮的光辉，像几座山丘的背影，在溪水里被冲刷着。从我们每个人儿时的记忆里，一直有这样的一个关于离开的夜晚，仿佛是父亲，是兄长，是那久病不愈的弟弟。

第 三 章

最残忍的一个月

——我想，当我们年老时，身体都会化作一条蛇的模样。

白色的云，白色的飞鸟，它们在蓝色的水流中建起一排排房屋，从而那片河流也就有了高贵的身躯。我更换了这个新题目后，就像一位婴儿被那舞动的流水和暗红色的瓦片挑逗时，脸颊会不自觉的埋进滚烫的沙堆，同样在那里，我寻找某一道光线最后的终点，也许只是一条蝗虫爬行的踪迹。

我已经可以看的很清楚，从很远的距离遥望那被遗弃的石头和破碎的衣物，它们在荒无人烟的丛林里是怎样度过阴冷的下午，常常成为我一天里最隐秘的关切。我的目光像燃起的大火，落叶覆盖的雨水轻易的就让我止步，一条瘦骨嶙峋的道路写满了密密麻麻的诅咒和谩骂。来到这片山林间，倒不是因为它的幽静清脆，却因为这里远离一切道德约束。虽然每走一步都会心惊胆战，仿佛随时都会有野兽和强盗出没。为了拯救自己，我因而渴望偶遇山林中的人，尽管他可能是和我一样的弱者，但其毕竟身藏山上神秘的气息，在我看来，那几乎是道光芒，瞬间就能照亮你的全部。

身体在变化时，别人也在更改他们对你的态度。

体重在增加时，就很容易变得愤怒，别人总是觉得我在生闷气。这几日天气转晴，我先前酝酿着和一位熟人很久以来的第一次决裂刚刚结束，同时，我也不想再提起那些养花的女子了，她们中的一位曾向我吐露心声，证明自己是多么特别，但在昨天她打破了一个花盆后，就立即去和那些头脑都还不健全的未成年人喝酒游荡去了。这种时候，我终止和类似的人的任何关系，常常有自虐的快感，但要说是会有悔意，那纯粹是个笑话。

一直以来，陌生人都表现得很亲切，我内心里偶有的善良和谨慎的风度也因而得以久留。就像一座古老的城墙，但也许在某个隐秘而又凄凉的晚上之后，就瞬间倒塌。事实上，它在阳光明媚的时间里更可能被摧毁。

靠着攀登一座座崇山峻岭来消磨心中的怒气。这也不会是我的行径，尤其是在我看见雨中的叶子间有我熟悉的一个手臂时就更加没有这种心情了，那时我在山底，找不到上去的路。山始终是倾斜着，宛若倒挂的残月，我还未见到她时，就已没有了力气。漫长的雨季，让每一件衣服都开始生病，早晨唯一能忆起的就是那座山上墓碑和树木的各种名字。

沉没在过度的饮食和游戏中，弥补多日来神经过敏般的肠胃和手指，我变得迟钝，甚至都不会逃跑或是投降。哪怕此刻窗外真的响起枪炮声，都会比现在更加的让我觉得风平浪静。

我不该用自己来惩罚别人，如同不该用文字来惩罚自己。当我表现出悔意时，一定是面对了一个真实的人。她可能只是一幅画中的某个小丑，和其他几个耍杂技的人故作镇定的沾满了整张纸。他们的脸颊和四肢是用岩石的色彩涂抹而成的。站在荒凉的一片树林前，那里可能有一场新的表演。

今天一整个上午和下午我都在沉睡，那是为了能将晚上留给我，还有深夜。我要用漆黑的星空交换缕缕曙光，用纷乱的梦境代替孤寂的房间。还有一些不合时宜的愿望，超过了年龄和身体的承受力（我总是想跑的更快）。我可以藏在别人身后同时又不被他发现，因此，我常常捡拾到他遗失的众多钥匙。我不再敢回到原来的住处，甚至也不想回去，我能在陌生人之中拿起一支笔，相当于舒展了全身的筋骨一样令人畅快和愉悦。

红色的旗杆升起，一对倒立的恋人悬挂着，他们吃惊的张着嘴，旁边的人手中端着一碗清水走来，她那长长的衣衫将另外两个矮小的人不经意的绊倒。他们可能正要大声喊什么呢，手中敲打的锣鼓也掉在一边。而四周棕色的一大片区域零星点缀着几个白点。不知那是驯养的马匹还是叫好的观众？在他们的头顶，艳丽的三角形、气球和绸带，以及天空仅剩的几多残云，都一起静静飘过。

这一章的主角，他的名字，一生病时的肤色，都只是为了迎接四月份的到来而变化着。前三个月中，他担负起作者的责任，满怀激情，四处迁徙，他把所有的灵感和疲惫都攒到了预料之中的那个月里。他等着更轻盈一点的降雨，像杂技演员柔软的身体，他的确是有一个很好的朋友，每天都要在钢丝上走几十遍。他见到她的时候，感觉自己的世界在慢慢降落，却不会破碎。一个十分鲜红而又温暖的手臂，怀抱着她，不停的旋转，好似一段美丽的舞蹈。他吓出了一身冷汗，眼睛慢慢变的飘忽不定。好久之后，他才回过神来，对方却只是浅浅的微笑着。他犹豫了一下说：在下个月里，我们应寸步不离。

他把自己所有的画册都送给她，尤其是逐渐能辨认出颜色的那几幅。在她的视野下，他时而渺小，近乎消失。她不需要太多的眼睛，而他需要更多。这就只是一个月而已，之后，他们各自调理好疼痛中的身体，回归正常。

四月，它不愧为它的名字一样令人不寒而栗，能唤醒它的那种声音现在和日后都让我颤抖，那或是一种相逢的狂喜。

假如我是一只鸟，我想象着自己被剥夺了翅膀的模样，或是天空被关闭，云层离我而去时无穷无尽的黄色雨滴会持续倾倒在我眼前。大地到处是汹涌不定的洪水，我甚至连融化进泥土的机会都没有，我只能够躲入森林的深处，看着树叶是如何互相编织，遮蔽阳光。那一天，我会忘记自己的天赋是什么，我会为背负的累赘而自责不已，它甚至不如一条恶心的蚂蚱那样灵巧自如。

进化是关于种族的遗弃，这是一个新的谎言。而我的翅膀在此种记录中只会变得更加丑陋而笨重，当别人说你应该停止飞翔时，那分明是一只蜈蚣在发话。它竟然拥有了人类的技能，这只会让它变的更卑微，它也活该被踩的七零八落。

沉默是唯一能反抗进化的神秘力量，它让别人以为自己胆怯了。它用夜色作为掩护，悄悄的从悬崖坠落，不断的向更深处飞去。后来它安然返回时，只留下一个个备受瞩目的背影。

这是一个迷醉的时刻，无力站起来的我们不再一味的坡足向前，而应该迎着背后的风找寻过去遗落的珍宝。我们要保持安静，不能再发出嘈杂的声音了。等待就是一碗凉茶，而身体正在变得清醒。

新的世纪里一个人忽然睁眼了，能从耳朵获得了知觉，他听到了此刻钟声敲了几下，他告诉别人，一扇扇古老的房门正在依次关闭，激荡的潮水正在退去，世上的其他物种也都在缓慢的呼吸着。他还听到了一双眼睛在努力睁开时的喘息，另一双手的关节正在发出明亮的响声。此刻，人们的脚步依然忙乱，他劝大家坐下休息：你们已经没有多少力气了，你们的身体其实都是在沉睡。他的话说完了，一些小孩子被吓得哭了起来。他意识到，他在他自己的身体里，恰如一个刚降生的婴儿。

后来又有人恢复了知觉，这一位是在半夜里惊醒，意识到月亮的光辉已经成为了那结着冰的街道，他的身体差点就粘连在上面了。从胳膊上撕裂了一片片肌肤，让他觉得自己已经残废了。他不敢移动，还好离天明只有很短的时间了，他可以清晰的感觉到光线正在聚集着，更多红色的斑点，那就是太阳提前到来的缩影。他大声喊着：我们再静静的睡会吧，但是得小心，这里是一片花园，常春藤正准备开花呢。

这一切都被先前那个人看的完完全全，但他微微一笑，什么也没说，他相信他们。稍作犹豫之后，他好像想到了一件事。他站起来，转身一步，向着陌生的方向走去。他不知道有多少地方是“陌生的”，但他留下了自己的衣物作为标记。

偶尔会遇到一位工程师，他常说：对我们而言，房屋的建造和拆除是同时进行的。你要想知道此中的奥秘，我只能说。我们和你们都有各自厌恶和喜欢的东西，说不定我们还要求的更多，包括光。所以，我们几乎总是在夜间施工，你从来都不会注意的。

我想起一句谚语：人们在白天快活的地方，在夜晚不过是一片废墟。

第一次说这话的人，应该是位神秘的巫师，他总能看到我看不到的人和物。比如有一个晚上，坐在我前面的一位男子转身就对我说：大半夜的，你为什么总是提着一只死鸡呢？我看着空空如也的出租车的座位，紧接着就被吓出了一场重病。

而我原本只是为了找寻一条奇怪的道路，它的方向始终是相逆的。可能悬挂在头顶，也可能从土地的另一边穿过。它指向一座山的底部，那里立有几块石碑。那上面雕刻着昨晚梦到的文字，还有几把宝剑，一条白蛇盘踞于此。它的花纹，屡屡缠绕着，宛若盛开的水仙。

波光粼粼的这个晚上，总是充满了危险，晃的眼睛生疼，晕眩之后，我赶紧逃离而去。找一个地方隐藏起来，身后盘旋的脚印，如斩破荆棘之后肌肤的裂缝。

我想，当我们年老时，身体都会化作一条蛇的模样，陪伴我们度过最后时刻的人，不外乎都会获赠一张蛇皮，我们肯定多的是。

一次次进化，那些科技的革命，思想的风暴，然则仍然不能驱除我体内的蛇毒。在我空虚的胸腔内，酸苦的胃液开出罂粟花。不停的繁殖，不停的变异，与我说话的人将口不能言，与我对视的人，则目不能视。当他们把手伸向我表示友好时，更要担心落个终生残废。

我去找医生们，他们说：你因嫉妒而发狂，从今之后，只能过着无欲无求的生活。之后，在一间屋子里，我穿着那种白色的衣服，衣服里抽调了所有的空气，四周也都是一层层密不通风的石灰粉。手中的杯子里，仿佛融化了许多圆形的药片。一阵阵睡意袭来，我屈服了，假装虔诚的对她说：你说的对，我该奉献我自己，即使是牺牲了也是有价值的，这不是一场战争，我自是可以活到最后，也为了能活到最后。你以后大可放心了，这些给你的钱你赚的心安理得。“你不该再到街上去了，不该走太长的路，我担心那样你还是会复发的。”她的声音匆忙而焦虑。可惜太晚了，我已推开了门。

那扇棕色的玻璃门发出一声陈旧的吱呀声，像被磕到的牙齿一样。它倒是提醒了我时间，下午五点，这个时候，四处漫步的惬意恰如这几日回家的妄想，不会轻易实现。

我和一切外来的嘱托对抗着，直至自己成为矮小的幼童为止，或是奔跑到极限，将规规矩矩的迷宫走个遍。或是随便找一堵墙，考量着它的一道道痕迹和纹理，墙上的某一只虫子，一张蜘蛛网，都将成为剩下的半日里所看到的所有景象。

眼睛总是如此的固执，它往往固执于一条彩带，一个气球的上升，漂浮。它不显示出一点力量，深藏于人群中间，然后等着花瓣剥落，饱满的，硕大的花瓣，从脸颊处滑下，时光倏然明亮了许多。

另一些稚嫩的人，他们在大街上清洗身体。这给平淡的下午增添了些许笑料，这就是他们的全部么？警察应该审问他们的身份，五岁以下的孩童才可以离开。他们还不知道冬日里街道上的冰凉不是靠围观可以消融的。

最漂亮的眼睛有着嘴唇一般的色泽，它凹陷的越深，就越像一段传说中的冒险之旅。在一座山崖中间有个黑黢黢的洞口，红色的树木遍布周围。它们伸出长长的枝条供人攀附。在这里，炽热的晚霞从此处的池水中喷涌而出，弥漫在额头和脸颊上，最后又回归到红色的泉眼里，那双手捂住的地方。

夜晚，在窗前，我就是那样的姿势，开始发问，而夜空那面巨大的镜子，再也照不到我了。不是我看到了黑夜，而是它悄悄提醒着我该在哪里隐藏。

当你说话时，我甚至感觉不到你的存在，因为每次这样的一个你都是凭空出现的。在我充满报复性的幻想里，也是那样自言自语，像一个组织的重要成员，决定着如何惩罚，并实施一场计划中的阴谋。无论是过度的兴奋，还是随时都可能爆发的冲突，只要有一段空闲的时间，幻想就如同墙壁上爬行的蝎子那样，闪着金黄色的光，张牙舞爪毫不顾忌的出现。它紧紧攫着我的衣领，对我说起久远的景象，那里永远有滴血的红花，呼风唤雨的力量，随叫随到的仆从。

在夜晚，这或许是一场梦境的开始，但在白天，它让我的四肢虚弱，精神萎靡。此刻，我就是一个道德败坏的傀儡，任何碰触我的人都被视为我们共同的敌人。

只有行走才能摆脱此番困境，这是双脚唯一的作用。它的功能毫不逊色那些侃侃而谈者，声称只用语言就能减少痴心妄想者的人数。他们更多的则是坐在你的面前，痛哭流涕而且自我满足。

只有一件事情没有距离，那就是死亡。只是这种珍贵的宝藏往往被滥用，当你非要亲自打开时，记得要闭上眼睛。你不用心寻找它，就不能看见。它的存在，意味着你一直处于被欺骗的地位。当你终于辨认出它的真实面貌时，那是一定没在过去的记忆里出现过的诺言。

在一些模糊不清的记忆里，我直视过锋利的匕首。“我也真切的想过自杀，像很多人一样。”“可每每我都觉得我们并不熟悉，而且陌生的很，我们之间的距离已经不能用疼痛来缩短了。”

而埋葬死亡，意味着自我放逐，生命因此而悄无声息，轻盈，冷漠。一块未被发现的大陆，到处是你骇人的凝视。你的身影是那里唯一的夜晚，狂风呼啸，但柳枝却如巨石一般，它在裸露的土地上搭建起新的丛林，只供你一人居住。

当我的小舟快靠近海岸时，便觉得要永远停留于此了，这是外婆必然会迷路的航向，从此，我的心中再无更宽广的洋面。我理想中的沙砾，海浪，奇花异果，凶猛的野兽，高耸而陌生的树木全都在这里充当着标本。我端详良久，意识到此地是创世和末日的图景。我的身体也苏醒了，细胞，血液，骨骼，它们像返乡的游子一般，面对着自己的同胞和出生地，将往日的固执和倔强统统抛却。它们温顺的匍匐于地，差点就睡死了过去。

现在我一个人待在房间里，寂寞而疲惫。我不再认为外面的黑暗对我有什么意义，倘若万一我再涉足其中，就如同步入深蓝色的海水，连挥动手臂都沉重的要命。

我不会在记忆里存活。因为并不能与所有人再度相识，每一次的留恋，都只是一次自怜罢了。同时，我也并非总是能从他们那里听取到回声，更不知如何回答。我们说着不同国家的语言，那些出生的人，年老的人，某些成年人，在记忆的末端，我的双手抓不住更多的真相。落地的飞鸟，不能再煽动起白云了。它们一个融入海洋，一个轻轻的点一下，稍纵即逝，它们最多激起一层浪花，却又无法分辨出各自远处的地平线，各自的归属。

在沙滩上，我一次次等待，奔跑。曾经一只风筝沿着海浪的脊梁消失，如今，我从白天守候到晚上，期望天空中能再度掉落些什么。

苍茫的天际线旁，那郁郁葱葱的群山竞相生长，出走的欲望也从那软弱的许诺旁开始攀援。

与我熟悉的大部分人，都安详的躺在那里，一脸平静的传递着秘语。他们的身体，后来变的僵硬，直到过了一个冬天，便再也无法分开，阳光把他们晒黑，海水又不停的冲刷着埋进沙堆里的双脚。他们异常的结实，光滑，稍一碰触，都会觉得疼痛无比，靠近他们如同在冬日里赤裸着奔跑。

他们的背后，石头下囚禁着双眼的缩影，以为踩着巨石的顶端向前滚动就能走出洋面，我迷失在那样圆满的谎言里，走的精疲力竭，宛若噩梦一般。我最终还是害怕了，便藏在其中一块石头下，等待着那簌簌作响的影子能一直滚落在深水里，连同我也一起葬身鱼腹。

在同一片海洋，附近的大火一直燃烧，像一座山峦，在夜里，偷偷的喝醉，向着准备离开的海浪，送去一朵朵极不情愿的百合。而那充满睡意的海浪，它们在更高的空中，一次次嘲笑着这戏剧般的一幕。

只在第二天，通往顶峰的一条道路，依然顽强的不肯随风飘逝，当下一个季节来临时，它总是无动于衷。它遮掩了自己，可能是用一座古老的墓碑，或是人们从没见过的一只脚的飞鸟。在我的身上就有这样一根神经，常令我欲言又止，躲在一旁。医生无法发现，它盘旋在我的血管里，手臂上，当我觉得自己忍受不住那种疼痛时，它会引导我走向荒无人烟的山顶，充满着毒蛇和荆棘。

我鄙视着这样的自己，不论是恢复了平静还是依然处于愤怒之中。

我们总是希望能在岩石间看到盛开的油菜花，可是当我远去质问那些吵闹的路人时，留下的你却独自欣赏到了那一片的金黄。

真不敢相信我手上的墨迹就这样消失殆尽，它变白了，将我惊醒。

第四章

孩童间的游戏

——所有的节日都连成一线出现在我们面前，于是我们变身为孩童，四散奔逃。

对我来说，一个新的章节，意味着又一场新的叛乱。

好比是在枪林弹雨中行军，这片战场还会不停的缺氧。像一幅印象派的画那样，待到下一个时辰，就可能认不出那是已然见过的景象了，至于文字，常在灰飞烟灭中被更改的面目全非。

最初的记忆在不断下沉，反而是我在一直走向更高的楼层，累的气喘吁吁。从一扇窗户向外望去，天空中漂浮着尘埃，发出五颜六色的光。一位少女就如此精心打扮着，几分钟后，她那美丽的幻影成为一串长长的影子。建筑物昏暗的立面上，到处都是她的笑声，她轻盈的鞋子摆在一些微小的洞口里。她统治着这一切。

这一天的早晨，我第一眼见到阳光时，便充满了撕心裂肺的恐惧，我一点都不能动弹，必须直面它的血腥。它给我蒙上一层面纱，带我去各个危险的地方。别的人，他们的身体上，都赤裸裸的写满了时间，尽是些些曲曲折折的轨迹。遇见任何一个人，我都在逃避，担心着被处罚，他们手中紧握的利刃，在天空中金光闪闪。凡是胆敢遥望以及试图跳出这一圈套的人，都将变的更为矮小。他们将沉默在自己的阴影里，爬行着向前，而未来的终点，说不定就是沸腾的江水，更多的同胞被迫居住在那里。

这是一个巨人和矮子混合的世界，让谁去谦让？

我们是随处可见的一群人，举止轻浮，没有良好的品德。

我们清理过盘根错节的树木，以为那就是一场胜利。在餐桌上，我们开怀大笑，饭后，无论是散步，玩乐抑或是安静的睡眠都无法消除白天里一切热闹的活动和邀请带给我们的失望。把聚会的照片一次次曝光，冲洗，挂在雪白的墙壁上。那就是我们全部人的合影，无论是过去了多少日子，人们依旧站在原来的位置，等待着再一次重复，曝光，冲洗，同时沾满灰尘。

几米之外一扇灰色的大门，锁住了多少久远的目光。在房间里，我们争论着各自的领地，标记上眼睛的颜色。黄色的汽车驶过，引起阵阵唏嘘。面对残阳，我们肃然起敬。它铺平了一条道路，引向我们走向各自的密林深处。站在那骇人的毒蘑菇前，我们互相阻止着前进，躲回到床上，不住的颤抖过后，我们商量着新的游戏。

我们也想着要主动邀请别人，但害怕很难讲清楚规则。他们迷迷糊糊的，只会讲述着深奥的学问。他们一出门，就把我们的房间变成了白日光照下的泡沫。他们都在消耗我们十分钟爱的睡眠呢。

这些破碎的辩论，成为了一场新的戏剧，一些新奇的服装，有些干枯的颜色，一顶顶高高的帽子。我们把道具改编的像一部童话的再现，那些安静的观众成为了我们嘲笑的对象。多么高贵的忍耐力啊，他们还会送上甜美的蛋糕作为奖赏，我们则回报以更为隐秘又依然忍俊不禁的笑话。

我们在这小型的剧院里度过了冬天，从未踏出去一步，也忘记了那一场雪是如何的降临，又是如何的悄悄离开。它探望我们的时候，一定是满怀欣喜，它拍打过了我们的肩膀。那一整夜的絮语，到清早便成为了一朵朵无名的花瓣间的浓雾。

赶紧去追逐，在每个城市里，我们都去发现那隐藏着我们脚印的街道。在我们的印象里常常出现一间客房，红色大字，写着颠倒的名字。

到现在我可以说上一场大雨让我的内心滋生出了什么。一种过度殷勤的探望，以及未经通报的拜访。那些通红的帖子在我的桌子上欢呼雀跃，让我手足无措。正要面对的却只是从没见过的背影。我应邀前往，所有的时间消耗在路途上，我们的谈话就只是几个站台的拼接。尽管很相近，但怎么也听不清。风把我们之间的间隙计算的很宽阔，可以容纳下足够多的窃窃私语。那是关于居住、旅行和假期的试探。不久的将来，都会成为别人口中的流言，你对我的取笑，我对你的傲慢。我们对自己太严厉，都固执的争当父亲、兄长，这就是性别唯一的缺陷。

尽管我们都饥肠辘辘，但却毫无口感。我们的胃早已遗失了，牙齿也用作了别的用途，它甚至比眼睛更能观赏风景。它告诉我对面的一座山是苦的，河水是酸的，这种滋味明天才会消失，叫我不要靠近。我们的身体都趋于混乱，我感觉要呕吐时，却是她张开了嘴，弓着身子，脸上一片通红。她挥动着手臂，叫出声来。我摸了下她的额头，冰凉的很，又摸了下我的，却是炙热难耐。我想用刀子划开一道口子，以分散这种折磨，再持续下去，我们都会受不了的。在路的旁边，我拔了一些青草，明知没什么作用，但那蘸有露水的绿色还是吸引了我。我让她含在口里，她不肯。“那么就用它擦擦脸吧”。一直到那绿色褪尽了，变成枯黄，我们才从新的季节里恢复精力，血液重新流淌着。

那次之后，我回去一遍遍清洗着自己的身体，好些天我们都不再见面，直至彻底痊愈，那时，我们已把对方忘得差不多了。

这种突然的惊吓，改变了生活的相貌，它留下一些鞭打过的痕迹，类似青草的边缘，可能只是一只蚂蚁咬过的，也可能本来就是那种锯齿状。恐怖，但充满着诱惑，仿佛有一天，我也可以如此变身，在浓密的眉毛下，它们就隐藏在眼睑里。

很长时间里，我试图更改着我的历史。它好像已存在了很久，不仅是这二十几年。它变成一块石头不时的充斥着我的体内，并在胃液中逐渐扩张沉淀。它是一个庞大的家族，各色的旗帜每天都在升起，一团团沉重的云雾从胸腔里冒出，在我就快能感知它的模样时，却又一无所获。在我和众人相处时，这个意愿让我变的迟钝无比，且总是想着如何避开他们随时都会爆发的质问。我像一只迟归的山羊，站在栅栏外，在暮色中，其他羊群都在昏昏欲睡。而当我一个人时，身体便会迅速的长高，能望见更远的山峰。我认识了更多的旅行者，但依然习惯缄默不语。面对这些新奇的幻想，我宁愿在当前的阴影里徘徊，最后一脸迷茫的返回。

若是几个时代能够并存，我会在哪个栖居？这个古老神秘的问题，其答案握在那些尽人皆知却低调谦让的占星家手里。

足下的土地，有多少是新鲜的，它和我们一样陈腐。城市，无名的村庄，我们背负着它们一起生存。尘土、雨雪，纷纷扬扬的降落于我们弯腰的瞬间。也许是在拾取什么明晃晃的东西，也许那似曾相识的双眸正在向后倒退，一些瓷器开始复原。

这美妙的瞬间，它打开一扇门，步入了一个迷宫。在每一个转角处，它都发现了一个孩子。有的直直的看着你，有的蹲下来玩弄着什么。他们一言不发，若无其事，忽然一阵铃响，便统统的跑的无影无踪。最后在一条令人窒息的走廊里，孩子们聚集在一起的笑声凭空传出。这里好像有无数个房间，巨大的门把手裸露在外面，但怎么也打不开。而那空荡荡的墙貌似空心的，尽管我们又无法穿越。

若一次次迷失其中，就只能去寻找一面镜子和一把斧头了。

或是咬破一根手指，让流出的血带着我们走过这一个瞬间。它像一匹布那样展开，每条纹理都清楚的显示。我们在它那红色的颗粒上寻找着立足点，摇摇晃晃的向前行，待到了这块布的边缘，我们跳出了自己眼睛的视野，返回踏实的“大陆”，那如肌肤一样的温度，令我们的样貌更为完整。

从这短暂的凝滞中获救，不知以后还能发生怎样的诱骗。一些人若是还要步入这双眼的漩涡，便最好化身为那些无名无姓的孩童。他们只知道玩耍、嬉戏，或是呆呆的望向尽头，忘记了成为大人的愿望，就只能制造恐慌。你要是恰巧站在那里，就最好配合他们的游戏，但是切记不要去伤害一个孩子，否则你会遗憾终生。

我们更改着交通谜语，反驳着顾客的投诉，双方都变得疯狂，关上门，走向破烂的街道，恨不得将这一整块玻璃砸碎，可惜找不到一小块石头，更担心的是也瞄不到准心。

每一脚踏下去，都好像会泥浆四溅，随时都可能滑倒，摔断手掌，本不该常常离开座椅，当你站立时，会更加难以把握平衡。行走和说话间的平衡，潜伏着一种倾斜的危机。当然这样的姿势提供的视角，奇特而尖锐的一道光影蔓延至对面的脸颊或是简朴的衣服上，你可以看清全貌，但不是通过最直接的手段。

这是一位轻佻者的眼光。

在一些安静的时刻，我们也是选择停留，但平日里，我们迅疾的消失就是为了不再反驳。当我们更为强大时，简短的目光都是可以轻易的制服人。

处处都可是欢乐的，散漫的孩童，他们穿梭在人群中，那粗糙的纸页做成的人群，在他们那里随意飘散着，沉入水渠里，便再没有被风吹起过。

当我不在说话时，有一段时间是在悔过。就是这样我逐渐落后于人，一种微弱的强迫症表现，让我必须给自己进行清算。在未来，我重复着这个举动，丝毫没有消失的迹象。

默然不语会使人更容易疲劳，每天，我很晚起床，半夜从来都不会再醒来一两次。年龄是夜空中的星星，只能选择一个地方居住。多少个夜晚，它们只是被红色记录在繁杂的表格和符号下面而已。厚厚的一沓，空白的地方，我们争着抢着要把满月安放在那里。在它的背面，我们又开始艰难的攀援。一个世纪里，我们在别人注视的目光下（他们甚至都不好奇）不停的重复着，胆怯和愤怒这两片峡谷都无法阻挠我们。不管掉落了多少次，我们都会成功逾越，哪怕是匍匐着前进。这只不过又是一场出生而已，曾经的笑声从没有忘记，我们一直所面对的，在性别上，我们相信，是一个满含温存的女子。

在清晨，什么都不会留下，轻盈的光线将庞大而黝黑的建筑物统统带走，这座城市难得如此殷勤。在去年的这个月里，它还是倦怠无比。那些亭台楼阁，令人心灰意冷。这时候，一些粉红色的花朵正在盛开，硕大的如一个个饱满的桃子，当夜晚给予我一次可以清醒的安眠时，行走在大街小巷里，便如在它的花瓣间留恋不已。我不得不承认，这个季节，忽然在四月里，第一次如此充满善意。

那么就回家吧，不要再去别的地方，不要再做别的事情。

这几乎是一场救赎，应该浩浩荡荡的散落人间。

因而就没有终点可以奢望，没有最后残存的某个角落可以寄生。这种普度众生的善意从来都从背叛开始。在开始，它也期待着一个月份，一个日期，甚至都精确到了是上午还是傍晚，用来结束一切挣扎和反抗，它留足了一切破坏的空间，而每次它都能从废墟中重生，这就是它的强大之处。

然后，即使是救世主也会在朦胧之中不断衍生出睡意，看着天空繁星依旧，他面容冷酷的走到破坏者的家中。宣扬他的职责，并索求赔偿。

与此同时，曙光尽了最后的力量，避免了被雄厚的大气弹射出去，却没想到它一碰触到人们那微弱而凄苦的眼睛，就消于无形。

今天，我即将走过那些道路，仿佛是在各个山峰间跳跃。而山顶上，正是月亮。我的愿望实现了，这就是为什么我又保持安静的原因。同别人开玩笑说：哭泣是累人的，它足以让你一整月里不知道怎样分辨方向。

此后，我常被别人引入沙漠。也常常被告诫道：在那边，你一定要独自前行，接近你的路人，全都是幻象。甚至连我也随时都可能出现。但是，绝对不要相信，当第一次分别时，我就不会再去找你了，你就是过去的我。我已经不需要你的忏悔和补偿了，还有记得不能再告诉别人你的路程。我们的事情不应该再度重复，否则你不可能生还。

而你曾有一种力量，在过去，当你遍布我的周围时，我充满罪恶感。如今，我偶尔回忆起你，却觉得精神澎湃。

我们怀疑，若是再这样继续待在一起，明天的愚人节就只能空欢喜一场。更加遥远且充满变数的相遇将是美满的馈赠。

才从一家饭店里出门，大雨便倾盆而至。破碎的瓦片散落一地，我们抬起脚尖，踩过去，以后再遇到这些文物时，我的脚下总是潮湿不堪。

每一个路口，我都盼望着那里是空荡荡的平地，我会紧跟着一张废纸，肆无忌惮的一直跑下去。它将我带入最隐秘最古老的巷子，也是最危险的。我继续到里面搜寻了一圈，我要找寻一位辍学很久的邻居。小时候，我们亲自制作象棋，用毛笔写在硬纸板上，然后切割成一个个圆圈，把棋盘画在那上面。而在另一些白天，我们扮演过一些蒙面的角色，进行一系列的谋杀、暴乱和交易。

我们的两个太阳穴，仿佛是一把古老的锁。我轻轻的拍打着，你便头脑空白，如同幽灵。我让你忘记今天这个日期，到下一个愚人节再来找我。那时我可能已经消失，拥有了新的名字，新的身份。不过，只要我们谨记着这个约定，便能验证这些节日的真伪。此前，我不会再靠近你半步，可是你却激动起来，摇着头说：愚人节又是哪个时候？

“清明节的前一天。”

你和我谁会记得它？那把锁不时的疼痛，随着身体倾斜的方向，我无助的飘荡着，走下一座又一座的山峦，在厚厚的树叶间准备昏睡。

但我渐渐发现，在今天的深夜里，我忽然没有了睡意，好像这是许多离别日子之后对我的一种额外补偿，我希冀着明天之后都能如此。而此刻我的身体还没有完全恢复，因对黑夜的过敏让我全身发痒，一些红色的印记像江河洪水一样迅速蔓延，在冬天里，火焰逐渐燃尽的一片树叶，也同样会令整棵大树颤抖不已。

我们都梦想过身体开始发芽，最后成长为一棵参天大树，从阴冷的地下直至清澈透明的空中。我们疲劳过度，靠此倒可以休息十几年。后来转念一想，与其在土地上磕的满头是血，不如伸出坚韧的根须，穿过它的胸膛，汲取营养，即使后来枯萎倒地，也一样可以长出嫩草，流过潺潺的溪水。

当我开始失忆时，也依然记得你临走时的提醒。同时，你颤抖的说你不一定能找到我，等待我们的将是一场“瘟疫”，一直到下个月,虚弱都会纠缠不清,还会伴随着恐惧。你开始害怕自己酥软的肌肤了,害怕饮食,害怕喝水,害怕房间里空洞的回响以及生长的瞬间被亲眼目睹。你的骨头仿佛在变异。而我对此无能为力,只能说你太傻,把风吹草动都信以为真。岂不知别人才是真正的害怕呢,他们看见你时,就赶紧的躲起来。你身上的光亮,让他们变的赤裸裸的,赶紧回去吧,这才是冬天的第一个月份。

一种信仰正久违的从心底升起,让我的双手变的很痒,如同过去的荨麻疹一样。我多加了几件衣服,在几个寒冷的黑夜里,提早的锁上了所有的门。

你走之后,我打开了收音机,里面的故事就像那印刷厂里的白纸一样,等待着一行行文字排列进去。遥远的住宅,寂静的家庭,那些丈夫和妻子,以及单身的大学生们。灯光总是只亮那么几盏,但已经足够清晰了。楼下,零零碎碎的人们奔跑着、尖叫着,他们涌向一栋更为黑暗的房子。那里有一张很大的床,可他们却不知道坐在哪里,因为床是倒过来悬在头顶上的。而四周奇形怪状的墙壁,在蒸汽中扭动着,塌陷着,简练不断的乞求声和苦笑声从外面传来,他们好像也要进入,可这里面已经人满为患了。

这就是你的预言么?大滴大滴的汗珠从额头上滚下,在被子里,我躺了一个礼拜。仿佛在黄色的水里游荡,连同呕出的胃和血管,我那可怜的面容更加难以辨别了,而且十分可怕。

回想起从前,我们的日子过的是多么气定神闲。只因身旁有太多法官的缘故,无论如何,你都摆脱不了一个个圆、三角形和多边形组成的咒语。即使你呈现出各种奇特的形状,它也能以你作为新的比例幻化出你注定跳跃不出去的一片虚空。

总之，当你一出生时，就被界定在某个神秘的范围内存活。生命的赠礼，幸亏不是很多，只有一副渺小的身躯。你和它同样贫穷、乏味。这样的游戏，有谁竟会无限轮回的玩下去，而且再没有新鲜一点的变数？

或许它也是这个游戏中的一个角色，就隐藏于你我之间，生命在人们不断重现的历史中积蓄力量，而在我们之后，这个游戏便戛然而止。

忘掉年月日，多长出一双眼睛，身体可以自由的飘起、旋转，后来的历史，只是工人们在更高的空间里进行的建筑，我们不能居住，亦不能行车。

恰如那时间是一种承诺，是一种先天的责任，空间也是如此。我所拥有的只有当下，当地。而拥有一本书又是转瞬即逝的，也不具备任何意义。我们触摸不到那淡淡的时间和空间的维度，而科学家们用词是多么谨慎，且无从证明。唯一存在我周围的是什么？是你，不管我还能否所听所想，你都和我同时存在同时消亡。我们在一起时，才是永恒。

当我看见鲜活的、热情的、熟悉的人之后，我那关于死亡的、阴冷的、惨淡的思想便瞬间消逝。我落荒而逃，每一次的掩饰都堪称完美。

我更加相信，只有一只蝴蝶是为你起飞的，然而我们都被一条毫不留情的锁链禁锢在冰水里。

“昨天，我开始想你，你的声音终于像一剂毒药渗入我的体内”，在一本书上，我读到这句话，赶紧抄下来。真实的你看到它会作何感想。它对我们来说，好像一块未来的土地，在没人踏上去之前，一定是荒芜和凶险的。

而我便如此战战兢兢的度过每一天，每一秒。土地上再没有一块完整的石头能交到我的手上了，它们都被仿照着人的模样，拼接在一起，如同连体婴儿般亲密。身上还有好几个窟窿，是那睁大的眼睛。它们窥视着我的生活，让我无藏身之地，在屋子里，在楼梯上，它们转而都去追赶我的恋人。

我不能在天空里坠落，在大海里游离。所以今天我走入人群之中，天生的会迷失方向。

那是一次太过漫长的假期，我走到外面看看有什么变化。推开门，人们便都不像平日那样一起转过来狠狠的注视着你。我消失在这样的宽容之后，避免了彼此眼里的不悦和挑衅，那里绝非只是一个简单的性别和种族存在。

流动的商贩，匆匆的向各个街道散开。他们整齐的动作，恰如一场表演。他们的衣着，冒出的浓烟，用拗口的方言进行的对话，无不包含着令人浮想联翩的秘密。而你要买的食物，或是仅仅一瓶水，都嘲笑着你看不懂这一副杰出的图画。他们更为独立，容不得你评头论足，何况只有他们明白你要走的路在哪里，在没人陪伴时，他们便是最好的向导。

什么时候我还能像上次那样，在炎热的江水旁静候风的来临。

你看着水面的波纹，就说一定会引起一场大风，而我正享受着温暖的阳光。于是，我们争辩，最后在一片昏暗之中返回。你惊讶的叫了声：看，我们的四周早已是不安分的沙尘了，你还有何话要说！

鼓声，在每个早晨敲响，将家乡的远山一座座送来。树叶抖动的间隙，是渴望，是那漂浮的嘱托。而我却总是在深水里潜行，那里，我找寻着盘根错节的土地的脉络。它可能只是天空巨大的投影破裂而成的千万个碎片。鱼儿们游走过后的旁边，用它们泛白的身躯密密麻麻的遮挡着，我只能跟着它们走，却偷偷的留下影子。

很多人都一样，是真正光荣的孤独者。不时爆发的窒息，从噩梦中惊醒。能解放他们的，是片刻凝望的眼神。望向哪里？就我已发现的，不是一个人的全部，而是一个商贩忙乱的场景，是你遗失的某个倒影，也更可能是你我之间的约定。

整个早晨，雷声滚滚，我们焦急的奔走相告，期盼着暴雨能如期而至。但愿它能持续几个月，或是更久。

就因为这种变幻莫测的不确定性，却促成了我向你真诚的表白。

我对比了一下，发现在大雨中，要比其它任何时刻都要清静。

下午，我还是那样穿梭在大街上，没有打伞，路人们都冲着我笑。我仿佛是在寻找你，而且就快要找到了。

每次都是如此，我们差一点就发现彼此。看清彼此的瞬间，兴奋又让我们各自逃离，或是用更华丽厚实的布严严实实的裹起来。

我们说不定相差十几年，当我二十岁时，你才刚刚知道记事。我并不是你的第一个陌生人，总排在你的父母兄长面前，我只是碰巧熟悉那段岁月，但却对你一无所知。在你的面前，我甚至都没有回忆的欲望。

我不能总谈起你，好像是面对着大把的黑夜。

而那些平常的日子里的经历，全都是我幻化出来的。十分辛苦而艰难。我很害怕继续撑下去，时间越久，我自己就抵抗的越厉害，重要的是，所有的人，我周围的，别的地方的，他们渐渐开始清醒，舍弃了我然后离开这里。或许他们是厌倦我了，看到了我的真面目，我的本能对此没有任何反抗的力量。

我的本能，就是梦，一场场游戏因而诞生。

今天下午，它幻化出的那场雨，算是带了点讯息。而我仔细的聆听着，如今，我平静了许多，期待着这一个月的结束。是的，我预感到，下个月里，一个到处都是抱怨和指责的月份里，刚好是一年过完了一只手的时间。可是，即便如此，有谁不指望其中出现一点点奇迹呢，哪怕那只是壮烈的。

一个拥抱，就是一朵美丽的花。它不时的绽放，令人血脉喷张，思维混乱，但几乎每朵花的含义里都含着可悲的别离。它衰败的样子，更显其繁荣。

在一条要不停转折的道路上，我小心翼翼，不敢回头。生怕那已是另一处风景，另外的一个归属，和我同行的几个人，他们似乎总能俯瞰到所有的景色，而我，再怎样踮起脚尖，也只能望到一片花园，几个老人。

我们就在那里产生分歧，最后，他们向前走去，而我选择留下。

那几位老人各自相谈甚欢，我却怎么也听不懂。但在他们的声音里，却有一种音乐般的节奏。那是从这附近的流水、沟壑、层峦叠嶂的山林里流淌出来的节奏。他们虽有好几个人，相互的衔接却十分畅快，一个人说完，旁边的人立即脱口而出，不加思索，抑扬顿挫，极富美感。有时即便他们同时发声，都不觉得混乱。他们的眼神偶尔也望向我，仿佛是在提醒我，我不该呆呆的站在他们中间，但我早已完全的痴迷了，不知道正在发生着什么。

从那里回来，步履间云雾弥漫，我的身上都淋湿了，像花瓣一般滋润，于是我尽力的衰败，凋谢。

不只是一位印象派画家，不只是一只白羊，不只会最终沉入泥土，留下一团云彩般的颜色。

我出生之后，就是另外几个人在替我成长，而只有死亡能让我们相逢。

你说，我们似曾相识。

那么，是在出生之前，还是在死亡之后？

你不该再如此沉默，因为另外一个你也同样焦急，她比你厉害和坚强许多，她能撑到一切都结束的时刻，离家的姊妹天亮了就会回家，只为了能挽回你。

我也是希望如此，只是我们却总是背道而驰。

当城市在黑夜中醒来时，你的眼中分明有巨石在陨落。我也是其中之一，从此便在你的身后追逐。

我还记得那很多个约定，在很多人之间，都是遥遥无期的。我要首先从高墙和铁网的口号中获得钥匙，当我有足够多的钥匙时，首先会去找你。为了气你，也为了让你再次把我治愈。

旗帜就是一种疾病，我们都知道哪里最多。它们被埋葬，但它们却在埋葬的深土里继续飘扬。

今天我摒弃了所有的大房间，搬进了仅剩的一间小屋子里，我的书桌终于和床铺放在一起，我可以看见四面墙壁上任意的一张照片。窗户开在向阳的一边，光线被过滤着，积攒在清水里，那里则浸润着一些衣物和一朵百合。那是昨夜我天真的随手插在水里的，此刻，它也似乎沉睡着，宛若电灯上小心翼翼的蜘蛛。

第 五 章

月亮的涅槃

——在她的守护之下，我们的仪式得以四处传播。

我们的眼睛，是遗落在大地之上的另一个月亮。

他们总是成对的出现在星空，统率着身后金光闪闪的士兵，直到有一天，由于想念母亲，其中之一便降落凡尘。

婴儿的第一次哭泣，多么像月亮那经久的叹息。

其中一些勇敢的士兵，也追随着自己新的主人，而有时它们一次次抬头仰望，不知是为了接受回归的讯息，还是对旧日的主人恋恋不舍。

夜空从来没有黯淡下去，它早已学会了掩饰，欺骗惯于熟睡的人类简直易如反掌。在黑暗中，每个星球的夜空像亲姐妹那样相会，而到清晨，便给守夜人留下无穷无尽的妄想。每一个夜晚，它们都产生过更新鲜更持久的渴望。在白天，每次都有一些呆头呆脑的醉酒者，在它们制造的沙漠中长途跋涉。

虚无缥缈者的绿洲便是对这第一批的牺牲者唯一的奖赏，而只走了第一步的他们竟以为那就可以连接上天与地，后来的人们不以为意，在吟唱了短暂的哀歌过后，依旧整装待发。

也许，对月亮来说，我们都是她漫过溪水后留下的残影。她静悄悄的坐在河边的石头上，等着晾干。有时，她还会取笑我们脸颊和衣服上的泥泞，她如此开着玩笑说道：那也是你们的兄弟姐妹呢，总有一天，你们是要相聚的，而我，在那时还会一直把你们守候下去，就像过去和现在这样。

她说话时，长长的衣衫紧紧缠绕住四周的树木。转而，她又害怕起来，仿佛吐露了太多的秘密。她宁可让大地上遍布沉重的石头，也不肯多赠与我们一片羽毛。

“我怎么能忍受这些支离破碎的倒影靠近我一步呢，是我创造了你们，就应该由我来毁灭，我要让所有的土地都干枯掉，那时，你们甚至连自己都看不到了。那就是你们的末日，除了土地崩裂外，你们将再次沉入浑浊的泥浆。好好看清自己的脸色吧，我会为你们立那种颜色的墓碑。

至于名字，就用我们之间的距离来代替吧，那三十八万四千四百公里之墓，应该够埋葬你们的身体了。”

之前，当我做梦时，也曾走过那么远的路程，也用了很长的时间，可神奇的是，当我醒来时，又回到了自己的身旁。

此后，我便很少再做梦了，我醒来看见自己躺在自己的身旁，往日的罪过忽然历历在目，我的心一惊，双脚便向前迈出。

坠落，然后开始长大。

睁眼所见，树木都向下生长，天空里尽是互相交织的根须，飞扬的尘土凝聚成一片阴云。下雨的时候，我会长久的窒息，巨石在身体间碰撞，而弱小的我们当中，幸运的几位可以成为额头触地的野草。

就在那个时候，唯一的一次，我落泪了，而且同时，我脱离了那整个队伍，向着插满旌旗的方向飘去，我希望找到一位穿着白色衣服的女神，向她学会赞美与歌唱。

同样的，在毫无依靠的半空中，我盼望着，只要挖掘足下的土地，就可以回到他们不断迁徙的陆地。而不管当我清醒时，周围的深渊是否已然成为了我们共同的家园。

后来，我晕眩不止，摇晃的灯泡，颤抖的光亮都不再能照射出他们身体的全部。我又一次迷了路，只好先把自己的一部分分割出来，那里隐藏着女神带来的讯息：你们对我的幻想，让你们得以继续繁衍下去。

对我来说，你们是古老的东西，和太阳升起一样久远。在黄沙和黑色的海浪间，你们从来都过着隐士般的生活。你们擅长耕地，很少去远航。我的一只眼睛镶嵌在你们的四肢上，偶尔才能看到海水留下的痕迹，但很快便被黄沙填满。你们当然也不知道，我在这无尽的高空里，戴着面具也是为了和你们呼吸到同样的气息。

等她醒来时，我们都逃的无影无踪，倾斜的道路上，偶尔还能听到她的一些呼喊。随后，湖面开始剧烈的荡漾，寒风将她的衣服吹落大地。我们站起身来，在未知的另一片土地上，寻找着她的眼睛，只为了让过去的那一刻能够凝固。我们的子孙们，将会从各地耸立的雕像身上发现祖先们遗失的剩余的身体。

月亮，她的奇迹不在波澜壮阔的岁月凝望里，而只在小街小巷的一对平民夫妇那。她扮作一个女儿，走入他们的家中，也带去了多少没有睡眠只有祈祷的夜晚。她要听到属于自己的故事，从遥远的神话到如今的降生。但这对平凡的夫妇哪能满足她的全部，他们知道的太少，有时候实在是耐不住她的恳求时便说：真该把你送到月亮上去，在那里，你就会清楚的看到自己的故事是怎样在你眼下永久传扬的。此后，真的有一次，当她第一次悄然离家时，月亮显得那么大，那么圆。月光完全笼罩住了这几间矮小的房屋，远远的她宛若一簇盛开的百合依偎在刚刚伸展开细腰的水仙旁边，鸢尾故意的挑逗着玫瑰，而一朵木槿正准备接着让莲花替自己遮凉。这是她另一只眼中的景像么？或者只是她在无边无际中飘扬过来的又一阵气息？

她的呼吸，她的呓语，在树林中来回徘徊。她又遗失了什么，在旷野里，白天的任何时候，我们都能听到她在生气，大片的阳光泄露了她的身姿，但却被较小的青草和落叶据为已有。它们簌簌的声音，只引的她思绪连连。她回想起那一排排低矮的房屋，无论冬夏，都会给她留下最后一盏明灯。她曾朝着那喊出撕心裂肺的声音，喉咙里却仅有几个字：我要离开，哪怕是继续朝着未知的方向。

在那些日子里，她只是忘记了自己要悬挂在每一棵树的顶端，她扮作一个卫士，一整夜都不能离开半步，在心底里，她用双手反复刻画着自己的血液流过的痕迹，从指尖，从脚下，从没有一刻停止过。

不时的突发奇想，当我望见晚霞弥漫至天空的一角时，就知道又有人要上路了。

我在那之后，也四处流浪，只为了寻找一位脸颊通红的姑娘，只有她能告诉我，我此生的秘密。

年少的人站在树下，昏昏欲睡，他在等待天明，那时，落叶会重新返回枝头，喜鹊也能鸣奏出精确的曲调，其好听之极胜似流水敲打顽石，又恰如断翅划破天宇。远方，炊烟袅袅，人们打开房门，用半裸的上身起来迎接客人。

一只蜘蛛打破了此种宁静，它从眼前垂下蛛丝，在思绪的深处开始结网。她双眼紧闭，望向自己的五脏六腑。那是一座巨大的工厂，居住着自己的幽灵。它俯视着这历史的刀光剑影，仿佛自己就是罪恶的根源。一切始于上苍，他发出号令，雷电前来传达，为了抵达一片湖泊，他在两山之间凿开一片峡谷。而后，他又来镇守，其实是被囚禁。渴望自由的双臂早已伸向淡黄的叶尖，但没人理会，反而是无情的践踏着。他沉没于下一次的峡谷变迁中，尸骸成为人们攀登的阶梯。这里，一个游子完成的是怒天的使命。

峡谷，终会被填平，长满荒草的湿地会再次掩埋年老的身躯。从上一个世纪里开始，这场浩大的宿命就已被写进日记。人们玩弄时间，仅靠几张白纸就已足够。它不过是几个疯子和精神亢奋者的乐园。

然而我们都愿做这些疯子们的邻居，甚至走进过他们的家中。他们家教授着如何跳跃，旋转，用指尖敲打锣鼓，撕裂掉衣衫，喝不完的酒能在烟雾中讲出恐怖的故事。孩童，反留有这样的记忆：长大只为了能早点加入，准备更精彩的那些表演。

迫不及待的要为生命多加一条横线，在白色的画布上，红色的草原就是一只只刚刚诞生的雏鸟。颜料来自那梯田上的茶花，或是初放光芒的太阳，河流从此变暖，岩石渐渐融化，微露的骨头在地下连成一片。他们模仿着天空的行迹，共同抵御更多海水的侵袭。

这是一场地震的前奏吧，那窃窃私语的地壳，惊飞了小鸟，也唤醒了河岸边一个孤独的背影。他不知远去的黑点是海鸥还是乌鸦，海鸥捕食波浪，而乌鸦喜好烂肉。他揉了揉没入清水中的双眼，在自己的倒影里，一道明亮的歌让他想到四十多岁的母亲。

白天从他双手的创造下到来，这伟大的雕像摆放于一座未知的山底。可以用来喂养牛羊，收割熟透的荞麦，在山顶的果园里，它的尺寸暗示着樱桃的藏身之所，但却有狼狗守护，太多湿淋淋的紫色牵牛花因而受到践踏。几年之后，它们悬挂于树枝上，吓着众多小孩，其中就有我的那些侄子们。

然而土地开始迁徙，雕像上尽是灰尘。我们不再爬到它的肩头，很早的时候，那还是我们不算做冒险的游戏。

后来，我仅记得，在当年我们转身离开的时候，定有几个问号刻在上面。我尝试着抹掉，用泥土，用衰败的花草，可是不久之后还是会出现其它的裂痕，而我们当中的几个人，也摔破了双手、耳朵和牙齿。

此后，我们只是偶尔路过它的阴影，并不再停留。看着一些大人们在那里高谈阔论，我们以为会有新的雕像从远方搬迁过来。

我们却都越走越远，只剩下一个人，只为了能亲眼看到它以及那期盼中的新的游戏而会孤孤单单的用整个午后的时间在一棵树上练习着上下攀爬。

而他并未想到，反而远游成为了我们另一个爱好。为此准备的几件奇装异服，常常在各个村庄里传为笑话，所有人都认识了我们，我们也结识了另一群从北方漂泊过来的异族兄弟，他们说：今年，我们那里暴雨肆虐，季节紊乱，牛羊在山林中走失，庄稼地里的洪水可漫过膝盖。可怜可怜这些背井离乡的苦命人吧，我们的经历凄惨不已，渴望着求取帮助。

老人们于是会拿出刚摘的苹果，小孩则围着起哄，刚进门的媳妇会笑盈盈的倒上糖水，他们自然不敢招惹那有时会毫不讲理的男主人。他只会扛起沉重的锄头，在菜园子里来回生气。

在那个很长的时间里，我们从来都没怎么见过月亮。我的生活就只是一件雕塑，一入夜，便和我一同消失于厚厚的幕布中。月亮，好似一个巨大的展览台，我们在睡眠惺忪中被抬了出来。而台下，同样惊疑的眼神在这场梦幻中都直入我的胸膛，有很多很多面镜子，在不断闪烁，在不断的告知我：你已离开众人，在这里，你在你的体内伪装着熟知这一切，其实这是非常痛苦的，你喜欢站在幕后，观看那正在观看着的人们。

当我要追溯我的过去时，却发现它没有黑夜。在半日里，一道光紧紧跟随，它仿佛要把我推入潮汐之中。我小心翼翼的远望着波浪和山崖。每年的最后一天，当钟声回响起时，我们又会仔细的聆听。躲在门后面，不敢哭出声来。生怕被那个黄风吹起的漩涡吸引进去。

古老的村庄，永远是月亮的诞生之地。十四年间，它长满了青草，山中处处是鸟的巢穴。之后，它便开始荒芜，人们只得向南方迁徙，在雨季中，曾经的歌谣说的一点都没错：房屋倾倒，风霜遍地。

在夜空中盘旋，月亮寻找她往日的村民。身着破旧的衣服，偶尔能碰到几位兄弟和家人，她俨然已是一位流浪者。短暂的匆匆一瞥，她只停留在熟悉的哭声和歌声旁：有一个小姑娘，才十五岁，就到城市中找她的哥哥，却迷了路。在一棵榆树下，她唱出了家乡的歌曲。路过的行人都不明所以，就这样过了几天，才有一个二十出头的小伙子匆忙赶来，他们在深夜的街头一直走下去，直到消失。那一天之后，这座城市的夜空忽然暗了下来。

这些幸运的时刻，宛如流星般冲向四面的山顶。它在更广阔的森林、陆地，甚至异域海洋上建造起新的村庄，兄弟相见了，姐妹重逢着，孩童会回到妈妈的身边，但在白天，他们依然如故，四散飘零。在夜晚，人们打开窗户，观赏自己过去无声的表演。

之后，即使是站在枯井面前，我们也敢大胆的下去搜寻我们“遗失”的伙伴了。

朝着枯井里面呐喊，她离我们又变的多么接近。她颤抖的面容，恰如邻家那个八九岁的女孩。所以我估计，她们肯定一起哭过，泪水沾染了彼此的衣襟。

在他乡，我们固执的整夜不眠，守着整齐的床铺，看那欣长欣长的倒影逃脱雨水的禁锢。爬上窗台，穿梭过树端，常常能预知一个晚归的人即将制造的恐慌。“他”成了另一个我，无所顾忌。能在斑驳的墙壁上，描绘出人脸的半边。

我看到了那缺失了一只眼睛的自画像，和他一样被包裹着。雨滴急剧滑下，这飘落的白布瞬间笼罩了他，他蜷缩在那里面，低着头。当他睁开完整的一双眼时，就能看到周围潜伏的黑暗在大雨漫过街头时是怎样的跳跃不已。

松动的砖头，水沟里的野猫，高高在上的路灯。它们密谋着在早晨释放氤氲的烟雾。那淡蓝色的旗帜，召集灾祸和意外，人们生病的眼睛肯定无法穿越这几乎成为天空一角的陷阱。

神秘的歌谣再次响起，夜晚不会轻易逝去，想要经过的人须得向月亮祈祷。我们的危难在她那里倒映出全貌，却更像是一只黑鸟从悬崖上起飞。

我们的早晨从夜晚开始，好比身处瀑布之下，抬头仰望，你绝不敢碰触它那乳白色的根须。在你体内，它们慢慢开始寄生，等待着春水和绿草将它们滋养。只需一个早晨，四溅的水珠便会发芽，它们的叶尖上噙满着阴柔的光辉。

这就是婴儿出生的时期，残月也镇静的安抚着哭喊的母亲们。她清理出大地的空隙，只等着他落下。她又把所有通向她的道路封锁，只在他的心间留下另一个自己。作为诀别的赠礼，她还教诲他不要再多愁善感。

那是禁忌，但他一张嘴就已忘记。他感到寒冷，自身身材又太矮小。透过重重的人群，他把目光朝向未来的某个方向，放眼所见却让他更为不悦。外面的花草难道都不生长了么？他宁愿只用七八个小时就度过最漫长的一生，也不要踏出房门半步。他迟迟才会说话，那时，他管自己叫做“亲爱的弟弟”，“可怜又无知”。

预料中的时间刚过，他在晨曦中要离开人间。“弟弟”则独自醒着，他们约定在第二次黑夜来临时再度互换身体。毕竟，我也想从远处看清我的模样，他从窗户跳出去时这样说过。

下一次，他们准时相见，但容貌已各不相同。哥哥感到非常痛苦，他觉得自己被毁容了，而且变的更为愚笨。面对“弟弟”，他只是告诫以后要聪明一点，别总是呆在房间里，去捉弄那些色彩鲜艳的花朵或是小鸟了。我认识它们已很久了,它们会好好对你,“弟弟”有些茫然的回应着。最近,他有些饥饿,也一直没睡醒。每天,他都要走相当长的路程,他对陌生的哥哥说:下一次,你可以不用回来,我们分开的时间应该再长一点。

他们有时也会开心的度过整个晚上,各自讲述自己新奇的经历。可怕的黄蜂们能紧紧咬住人的脖子,远方山林中的咚咚声,他们望着一无所有的夜空,这些景象便又重复的出现,直至哥哥渐渐消失。

而“弟弟”,则把这也当成了一个游戏,他肯定真是先去捉弄黄蜂了吧。

兄弟俩越来越像,有一天,“弟弟”对哥哥说,你不在的时候,都是去哪了,能带我去么?我很好奇,哥哥表示无奈,那里你是去不了的,如果它没有主动来找你的话。那么下一次,我代替你去一次好么?就一次,没人会发现的,哥哥一直不同意,但是经不住“弟弟”死缠烂打,只得勉强同意:记住,只这一次!“弟弟”郑重其事的答应着,内心无比高兴。他又告诉哥哥,在白天,他有一大堆的事要做,几乎占据了所有的时间。哥哥则非常厌恶,不耐烦“弟弟”的絮叨了,他只交代了一句:你去到那里的时候,什么都不要相信,然后必须准时回来。

他们换上彼此的服装,站在镜子前。的确,他们洗掉了尘土之后,他们自己也傻眼了,完全变了一个模样,这下肯定没人会辨认出来的。“少说话,然后保持沉默”。

在晨曦到来的刹那,两扇门轻轻打开,又轻轻关闭。房间内归于一片平静。只留有窗户下的一道阴影，恰逢一阵微风吹过，它便像兴奋异常的蝴蝶那样，在桌子，椅子，甚至门的缝隙间来回飞蹿。它四处乱撞着，仿佛有使不完的力气，在这五彩斑斓的房间里，它找到了原本春天般的旷野。

一只蝴蝶是一座森林的缔造者。它用翅膀遮挡住所有的太阳，让喜好阴暗潮湿的紫罗兰生长。它释放出迷人的气息，使人忘怀夜的寒冷，并沉没在酥软的睡眠中。青绿色的梦，麻痹着升起的双手，再不能急促的呼吸了，窗户随之关闭。它让窗子给阳光增添以颜色，再让人的眼睛承受其重量。

它们想像自己是一片云，在山的面前寻找往日的伙计。它缓缓的在河水里流淌，享受着大海一般的赞誉。它是自己同类中最年幼的一位，却被尊称为翱翔的王者。

此后，当它从久远的巢穴里飞出，便没有了家园。

一朵花抛在空中，落地时响起一道幽怨的曲子，好似从偏僻的山谷里传来，婉转之间透出几分乖巧和疲倦。它的主人是谁，又要在哪里开放？

又一个季节快要结束，我却重返过去游历的村庄。看遍了蝴蝶和繁花编织的美景，曾经错过的黄花，在解冻的溪水上漂流。在这座古镇里，每碗清水里都可以磨出一块豆腐，它和那长满青苔的石头一样沧桑，每个新生的幼儿都要美美的吃上一口。

十多年后，他们就那样的渐渐长大，偶尔当他们在彼此颤抖的双眼里看到一座积雪的山峰时，是否会忍不住再想起我这风尘仆仆的客人。

也是有一个早晨的记忆比较深刻，我那时告别不再打开的房门。几只黑白相间的小狗将我们引出一条深深的巷子，在尽头，一条小船停顿在那里。

当我再次说起他们的故事时，已是在另一个国度，另一片乡土，我依然是一位奇怪的访客，但却碰到了热情的当地人。他的口音和南方的某个小城极为相似。

那长达两三个小时的谈话中，我激动不已，旧日的时光，在那一刻从我身上穿过。两旁的枫叶纷纷飘落，像红色的雨水一样。满世界都敞开自己，浸润在那令人平静而又时刻准备起舞的血色之中，我只要多向前跨一步，就会变得更像一个疯子，在大街上漫无目的的狂奔不已。

在一种灰色的生活中，这次意外也算得上是触目惊心了。翻看着地图，从心底里的某个地方垂直的涌出一片光亮，掀开了尘封已久的面纱，我的胸膛变的更为广阔了，情绪也变的更好，像一个巨人一般。巨人常常回忆起过去的景象，历历在目。之后，他藏身于树木的顶端，水流的深处，未来的一举一动，都尽收眼下。

为什么夜晚冷峻的像有一面悬崖峭壁垂立在身前，而白天，却如平静的湖面。置身于温暖的乡间，陶醉在那黄昏时的挽留之中。一首首悠扬动听的歌曲不断响起，在夜晚的各个宽敞的角落里，它们燃放起绚丽多彩的烟花。不只有一次，我的身体也努力跟随着那轻快的节奏，在虚无缥缈中那四散的烟花渐渐的冷却，成为为我送上的晨光，而山的另一边，往往能找到还冒着热气的沟壑。

我喝完一杯清水，朝着窗外凝望。那季节的缝隙里，充满了不安的云彩。一切劳作都暂停了，收获的种子早已掩埋。到处是无事可做的人们以及家畜。我们用来交换的粮食不经意的从空中降落，像是明月一般找寻深邃而朦胧的土地。一位农人戴着枯草编织的帽子，他在对面的山上爬行，道路两旁的居民却看到了太阳的痕迹，他的小儿子紧紧相随，在粗糙的岩石上磨砺双手。

天空不再降下雷雨冬雪，我们一家人被围困在蓝色的院子里，只能躺着呼吸。只在此刻，父亲和哥哥依然深入丛林，他们在傍晚来临之前背回了走丢的那只白羊，昨天，它刚刚生下了两只小羊。

在早晨及半个白天里，我凝望着空荡荡的房屋，极力要听到它最后残留的一段曲子。它翻弄着我的眼睑，故意嘲弄我，又躲开我。而我神经质的等待着，一旦这死寂的空气暴露出它的一点踪迹，我便敲破这面巨大而坚实的冰块，我相信，真正的歌唱者们都隐藏在那后面。

房间的门开了又关，仿佛是隐藏了什么秘密。在开始下雨的季节里，我们都期盼着一场舞蹈，在山顶上展开手臂。所有的孩童都开始发问，但是路旁的人们却没有回答。我们各自寻找自己的爸爸妈妈哥哥姐姐，告诉他们今天街上发生的动乱。

眼睛里是一扇紧闭的门，而月亮是它的一把钥匙。等我们打开了它，几十年转瞬即逝。一棵摇晃的树木都比我们看的真切，它和那弱不禁风的小草却都是我们命运里的窥探者。我依旧徘徊于白天和晚上，不知该做出怎样的抉择，而它们，在每一条我经过的道路上出现。

它们的生长以及建筑物的墙面，唯一让我觉得自愧不已。

也许，“我”只是意味着徒劳，甚至只是幻想中的一个片段，充当着它们的养料。

在那枝繁叶茂间，我找寻着熟悉的画像，包括我自己。它是一块墓碑，死后我将埋葬在最底下。我重见天日时，只不过又增添了一抹阴影。

黑夜的时间随着我的出生而变长，它惯于装扮自己，用无声而怯懦的河流，也用柔软而单薄的粪土，它是一个面具，又是一场烈火。它的厌恶里充满诡计，只会引诱熟睡中的人。它满足他们短暂的愿望，然后狠心的抛弃在一片繁花似锦的荆棘地里，那是他们清醒时的处境。

就在触摸花瓣的刹那，手指上流出鲜血，虽然疼痛，但却浑然不知。

他们将花瓣一一收集起来，盛放在窗前的被子里。那是一天最后的辉煌。

孤零零的一簇木槿和鸢尾，让每个前来探望的人望而却步。他们惊叹的一言不发，以为这是一座优雅的山洞呢。

只有温和的光线可以拯救我残破的记忆，一天的行程因而渐渐明了起来。我是何时推开沉重的房门，在街道上，每一个十字路口都指证着我的背叛。我背叛了红色的房屋，红色的墙面。我身着黄色的毛衣，像极了一位被赶出去的保姆，还在苦苦寻找新的主顾。另一个人，他可能又偏好于蓝色了，而我在没有找到工作前只能在一片枯萎的青草地上度过整个炎热的夏天。冬天，我庆幸可以获得一张室内的温床足以抵抗玻璃上精美的雕刻所造成的恐怖感，那是一位老人的手艺，刀刀见血。

脆弱的木屑，眼角里的雨水，屋檐的一角，它们在一只飞鸟的翅膀下眷恋着夜空。

我失败了，不知该怎样往下写，这些文字和其所隐喻的背景一起反对我，而我兴奋的，却无法下笔。在这喧闹的时刻，我独自坐静坐在一旁。这正是那些凌乱的句子出现的最好时机。这是黑夜，它反射着自己的暗影。这是一天最后的光亮，足以引导我回到住处。

它们已经隐忍了很久，催促我赶快结束。在凌晨四点的时候，我渐渐从一幅画作中清醒过来。在海上的白帆里，紧闭的眼睛，一只风筝从它那里升起，一个稚气未脱的小孩子抓住了那只大蝴蝶，从他透明的身体里，我们已经熟知的那位小姑娘正在呼唤着她亲爱的哥哥的名字。

雷雨来的不是时候，它硬要从铅一般的半空里挤出一些白色的颜料。我把手伸到阳台的外面，闪电便瞬间照亮了我。今晚，它们都不是我喜欢的颜色。还有三四个小时，其他人才会起来，而我，面对逐渐隐去的那轮弯月，思索着如何告别。

眼睛变的酸疼，我只好继续在虚空画出紫色的线条。一块红色的石头旁边，增加了一件衣衫。左眼还留有一些空白，右眼已是

“星光灿烂”了。我等待一次潮涨潮落，于是就去查了时间，左眼需要它，而那黎明前的弯月也需要它。多么幸运，它会出现在这个月的中旬，那曾是出生的人最多的日子。

好了，这一趟的旅行就到此结束。它已到了这张纸的末尾了。在那一块刻有“三十八万四千四百万”的墓碑前，我们送上几朵雨后的郁金香或是诗人水仙。在那石碑的附近，但愿你我都能看到一对双胞胎互相嬉戏。他们随着翩翩起舞的蝴蝶正在走向花草丛的深处，脚下，水光滟滟。

第六章

影子模仿的喜悦

——我们走完这漫漫长途，原本只为了尽情玩乐。直到有一天，我们被黄土吞噬，被迫分开。

出生的喜悦，雨的喜悦。

在清晨里阴暗的时刻，想到你远在家乡的喜悦。现在的你，是我曾经极力模仿过的一个影子。

在夏天，我也即将返回。一年之后，这能是我们第一次畅所欲言的喜悦么？

为着一次穿梭于南北的旅行，我准备了两年。倾斜的屋顶，发霉了的瓦片，烟熏过的门窗，在路旁的台阶上，我愿坐上一下午来等待你从另一个城市赶来，穿着红色的衣服。

在街上，旁边的一位女子身着白衣，有着长而宽大的袖口。

她低着头，仿佛是从额头滑下的面纱里描绘着什么。眼神里透出一抹淡红，像极了刚开不久的桃花。我从北方寒冷的日子里出发，如今觉得，她轻轻的坐在那儿，宛如另一个季节的化身。在过去，我只是躲在家里，偶尔出走，看着冰雪消融。

在充满纪念性的日子里，比如一次雨季的来临。我祈祷它能持续一整个月。雨滴敲打着挑担子的货郎，他在一家饭店门前停下。老板是他的亲戚，他们之间的谈话是只有在最好的书里才能看到过的。我也假装在旁边避雨，这样的偷听比在深夜里看你的信件还要激动，你的信厚厚的早超过一本书了。

在高低错落的广场上，我替从我面前经过的人感到喜悦。温暖的阳光把这一刻让给了我。我也要给你们送上祝福。有一天，你们也应该像我这样坐在地上，倚靠着青铜做的栏杆，几只棕色的小狗跑过来，你肯定能看得出，它们的眼里也尽是你的落寞。

今天，我不想再出门了，嘴角的伤痕提示着我幻想的源泉正在枯萎。难道是因为近日我不在旧房子里生活的缘故么，以前在深夜里我曾窥视过那里遥远的人群，他们睡觉，喝酒，肆无忌惮的毁坏公物。如今，我也把自己安放其中，只是更温和一些。在与他们的相遇中，我只想探听自己说过了什么，自己的相貌又是怎样的。

还有更多的人我没见过，更多的瞬间我忘却了。你从来就不在我的身旁待过，那时我们之间和周围几乎没有发生什么，整个世界平淡的像出生的婴儿。在期盼与你重逢的日子里，我恰好看到一盆百合花的绽放。它静静的摆放在窗台上，而我正不安的站在打开门的旁边。

在褐色的木板上，想起一个声音提醒我，给一幅图画增添鲜艳色彩的画笔常常是握在陌生人的手里，一个矮小的提供欢喜的人。

今天，在一座雕像前，一对男女在合影留念。他们尴尬又笨拙的姿势却隐藏着悲伤，为了这一刻，他们走过不同的地方，把地图攥在手里，像是要用自己的体温融化冰块。每一张照片在后来的经历中都在不断的重复。在彼此的镜头下，男女欢笑着。他们牢牢记住了这周围树木的种类，花草的颜色，行人的打扮，日后便用来装饰自己的墙壁。如今就连我一个过路之人的眼前也还是会重现当时那菊花四溢的香味是如何在淅淅沥沥的细雨中飘散。

一个体态丰盈的妇女头顶一盆鲜花，款款的向另一条道路走去。她黄色的背影充斥着我的眼睛，在一排古老的建筑下，我气喘吁吁，不能再跟上她了，我只好转身走入了一家门口贴满招牌的酒吧，一个熟人在那里等我，我们是提前约好的，但我有点忘记了。

我看着表，快下午四点了，“你应该提前一个小时就来了”。她从不责备我，但是总说我不爱听的话。

我们开始欣赏她的水粉画和一些速写。

“首先，我要坐在窗前，你别说话，给我一些时间，让我稳定一下心跳，我害怕从这三楼上掉下去”

“你看窗外的那两个人，因为他们我才迟到的”，其实我很想知道他们在争吵着什么，可他们却又不怎么说话，彼此充满诱惑性的身体又让他们不肯分开。

半小时之后，我渐渐熟悉了这个温暖的房间。“该把灯打开了吧，那样我会更习惯的，还有你看这幅画上的红色，你画的到底是哪？”

“那不就是你的门么，你的打扮，还有你那拙劣的思想”。

“在那种颜色的黑暗中，我是时常不在家的”，“那种时刻还是忘掉吧，不着边际的地下室，疯长的树根，我们的身体因而总是千疮百孔”。

“别总是在说你和我，还是看看这幅很小的画吧”，“我在这里画了一只黑色的猫和一个看起来是放了很久的苹果。你觉得怎样？”

“你应该再把我家紫色的地毯当作背景画上去”。

今天，晚霞来的很早。依稀之中，一个女子的身躯正在慢慢升起。她细长的腰就是要触及到云层了，而双脚才刚刚离开房顶。她黄色的连衣裙像花蕊一般完美的舒展着，最底下，人们在灯光通明中先后走到了街上。

“倘若我像你一样看起来这么体态丰盈，就不会像她那样追逐梦幻了”。

也许我过于坦诚了，可是这难得的不对彼此发怒的时间，对我们来说都是一种享受，在下一刻，这些都将凭空消失。这段间隙就像一位怀孕的妇女一样，生下了一位孩子，之后一生一世都缠绕着彼此。

我忽然意识到，我俩和先前那一对男女是多么的相像。我对她说：记住，无论如何都要忘记今天这个场景，我们要赶紧逃离此地，这里太可怕了，房屋开始倒塌。

一辆自行车经过时，一个女孩子正在东张西望，几个工人正要穿越马路，却被急速而过的卡车阻拦，一座七层高的建筑里人影交叉，而底下的绿地里，也有人躺在青草地上聊天。

而我俩一推开那生硬的木门，那些人就齐齐转向我们。我们只好偷偷的站在白色的人行道上，从四处传来的声音仿佛是一幅色彩饱满的画面，刺眼的阳光却使我疑惑起来，他们究竟是怎样发现我们，并聚集在一起的？

晕眩早已成为常态，诚如经常失去方向，便只好靠着一棵树来让自己恢复。等胃的搅动停止了，才能再次数着步子向前。幻觉中手向前后左右伸出，触摸着那几面光滑透明的镜子。那一刻，紧闭的眼睛上有雨滴从前额流下。

这是又没有带伞，还是已然深夜了？刚才溪水般柔软的天气，如今已被冻结为冰块了，我们凿开一条通道，小心翼翼的走上去，这里处处是微弱的火光，遮掩着出口。我们互相凝视，寻思着什么遗落了。

“你看，这样的红色与白色，是只有你在因多疑而痛苦不堪时才能画出来的。”

我告诉她我们会在下个路口分开，“我还没有看够，听够，我一直在寻找着完美的街道，要让我也成为其中的参与者，步行者，而不再是从远处探听，也只有如此，我才能从你的眼前消失。”

“可那样的话，你在我的笔下成为了一抹怎么也想不出来的颜料了，这对你我来说都是无法容忍的。”

“你会有这样的意识么？果真，你的画中，永远只是别的什么，杯子，古老的箱子，却怎么也不会有我的分毫，哪怕只是一抹短暂的影子。”

“你错了，我只需要凭借记忆就可以给你画一幅肖像的。”

“这种承诺算不上高明，你只留存着我过去毫无用处的记忆而已，现在也即将过去，我要的是将来我的面貌，你看，在时间上，我们从未能达到相同的步调。”

“那我可以设想好你未来的样子，然后等着那时的你亲自去验证。”

“我们的时间设置在两个不同的轨道上，你那时见到的我已经不会是我了。”

“我可以放弃画画，然后找寻我们之间重逢的那个点。”

“为什么非要强迫自己，相遇是迫不得已的，重逢也是如此。”

“你总是针对我，不说一句好话，我爱听的话。”

“我从来不擅长这个，而且如今，我的兴趣在那些沉默不语偶尔发声的人群中了，那里有准时开门的店铺，随地乱扔的垃圾，衣着朴素的老人，正在变黄的树叶……”

“刚刚，我看见了他们从你我的世界里出来，呼吸道里的空气像是浓雾一般厚重。我不能和你一起走了，我要坐在一张木质的椅子上，直到身体再次变轻。”

“我已经耽误了你很多时间，曾经，总是在各个方向上跑着跑着，从不知道未来会怎样。我知道以后我也不会改变多少，也无法避免的要四处乱撞，可是现在，你看，那边正在哭泣的小孩，旁边，可能是一位陌生的路人。他们如此的相像。再看看四周，就只有我们两个是多余的，所以，你先回去，到原来居住的地方，要么等我，要么去睡觉，都可以，而我，非得先离开一会儿。我要用那锋利的刀刃将我割裂的没有任何粉末残留。”

大雨拯救了我们，结束了这场争吵。

我去模仿着一位穿着蓝色衣服的男子，他正在跑到一棵树下避雨，在旁边，我重复着他如何用一张白净的纸擦拭湿透的衣袖，每一个褶皱，都异常精致，抢夺着我的眼球。他的头发也弯曲而浓密，此刻，更加的明亮了，像是夜晚点亮的路灯，而我却是黯然许多。他咒骂起天气，抱怨这个时期里阴雨连绵，让他的皮肤都快要发霉了。我也在心里附和着，甚至说着同样的话。他一脸愁苦的表情，不耐烦的来回踱步，我则尽力做他的一个影子，用拳头敲打着树干。

但在最后，他又离开了，而我在尝到了这种游戏的乐趣之后，又准备模仿其他的人。远处，一个青年正推着一辆三轮车上坡，我看见他吃力的样子，赶紧跑过去，在他的右手边也开始和他一起走。我们一起用力，同样的步调，都不说话，他大口的呼吸，低着头，我也如此。等到了平坦的地方时，我们握手而别。

我看着他渐渐离去，和刚才的感觉一样，仿佛另一个我也跟着走了，我的双手好像还在紧紧抓住三轮车，眼睛里一直是雨滴激起的圆圈。我想即使以后没有任何地方可去了，我还是有着漂亮的头发和一辆载着家具的三轮车。我可以在任何一棵树下自嘲，或是在林荫大道上缓缓骑行。那时，没人会注意到我，我也不再费力的去观察别人了。

我已变得宁静许多，可以等雨停了之后坐在一张椅子上。翻看着关于饮食的书籍，或是拿出一副象棋，结识几位清闲的老人，去买几件新衣服，给很久没见面的人写信，寄出明信片。

他们会知道我在哪座城市吗？这里是有一个地名，我已忘记自己是什么时候来的，没有车票，没有住宿的旅店，我又忘记了东南西北。在这条街道上，我已生活了十八年、三十年、和身后的水泥墙一样长久？它会每年都刷上新的油漆，而我依然身材矮小，头脑迟钝。眼前的广场是一直在废墟中修建，而后又被铲平，推倒。弥漫的烟尘会持续一整个炎热的中午，放学后的小孩子们恰好经过。我曾经自然也是其中之一，那时，会远远的望向这一排排椅子，妄想着长大后坐在这里的情景，就是现在这幅气定神闲的模样。

下午五六点，我准备回去了，这是一个该回去的时间，可当我离开座椅时，这多年来的幻影便瞬间崩塌。我知道，我已返回到原来的我了，不再是十八岁，三十岁，这个下午的所有记忆也统统要从我体内抽离，每走一步，它便消失一分。

我的皮肉变的干瘪难看，柔软的衣服未能增加一丝滋润的色彩，连大雨天也无济于事。此时，最后的愿望是当我从这一场梦境中醒来时，身旁能是那个红色的身影，在她的面前，一个新的五彩斑斓的世界和宇宙星辰重新诞生。

而在余下的空白里，我给她填补阴影。

我的鞋子里浸满了泉水，胸腔也是。每次快速的从玻璃窗下的街道上跑过时，都好像又看见自己在水窖里的倒影了。我不想大声呐喊，可又怕那不是倒影，而是我正在沉落中的真身。

我踏进家门的一刹那前，我都是觉得自己要永远的困在地下了，上半身裸露在外面，而双脚却怎么也不能踩到水窖的底部。

那里光滑的石头，充满危险的泥泞，一条粗壮的蛇盘踞着，天空里阴暗的角落不久便会在高低错落的屋顶上掩藏其真正的面貌了。它从北方的深谷里便追逐着我，一路南下，如今，在这陌生偏僻的小镇上，在这红土地的庇护下了，我孑然一人，改名换姓。看着那不曾居住过的民居，高大而灰白的砖墙，凹凸有致。我只想问：它们到底能抵御多么猛烈的洪水侵袭？

在沉默和欢愉里，我的此番预谋都已提前夭折而不露成色。

迷路的记忆又开始复苏，我自己便成了一种随时都可能爆炸的灾难。在平原上，寸步难行，只有等候着被暴风雨吞没。在山林中，又会不停的往下翻滚。眼前的人们一个个莫名其妙的倒下，而我常常口吐鲜血，也摔倒在光滑如刀刃的巨石上。

所以你们说，我怎能如此轻易的就重返这石头村落的所在？就因为我已惯于伪装？

一个让我变的诚实的人，我是说，即使撒谎也不被发现。在所有关于未来人生的回想里，我就只喜欢这句。

棕黄色的上衣，蓝色的裤子，这样的我停留在了一条河的对岸。最后一抹阳光四溅起的水花，洒在了身后的几栋白房子里。明早这里可能会雾霭蒙蒙，我留下的脚印还会把我带回此地。那时，我希望能完成一桩夙愿，在那薄如刀片的清水里，能闻到北方山林的气息。

在这个古村落里，我开始寻找另一个夜晚。月亮早已升起，狭窄而崎岖的道路似乎都通往唯一的一个顶峰。可那里竟然没有一座寺庙，我只好原路返回。在远处，那昏暗的油灯下，我依稀想起了一首歌。那还是年少时一个朋友写给我的：在深山之中，我俩在一只手掌下行走，你漫过溪流，而我走入火光，都不过是一夜之久。

下次，我应该把他叫来，在这里住上一个月。他能像一个历史学家那样辨认出每一块石头的年代，而我，神经质的对石头过敏。

它们曾寄生于我的胳膊里，当整个村庄的天空一日日变化时，它们便开始滋生出青绿色的斑点。每到此时，飞鸟的鸣叫声划过破碎的玻璃，一只接着一只，死亡使得整片山林褪色。

鸟喙留下雪白的痕迹，看着都会觉得尖锐刺耳。黑色的蜘蛛结出网来，颤抖的蛛丝在硬邦邦的道路上纵横。在这个被撞见的短暂的时刻里，我屏住呼吸，双眼紧闭，迅速逃脱，而后的一两天，我尝试着忘记自己是有血有肉的。

在曙光来临时，一座矮小而浅黄色的房子出现在我面前。它轻轻敞开的门，看起来非常柔软。我走上前去，生怕那只不过是水波的幻影。房间内部的光线渐渐透明的如一张白纸。不久前身上密密麻麻的绿色针孔一下子就愈合了，胳膊上那令人生疼的纹理也光滑如初。流出的眼泪在墙壁上的倒影，我看着它一直从嘴角里消失。

这应该是我们居住的地方，我对着一个遥远的声音说道。你看，整座房子很容易让我想起你曾经穿过的所有衣裳，你满满的行李箱，你那小巧而缀有复杂图案的新鞋子，夏天，我们在这里为你疗养身体，冬天，我们期盼着大雪落满所有窗前的山川。哪怕在这里仅仅只有一个四季，我们也要尽量让自己成为亲切的陌生人。早晨醒来，你定会假装大惊失色而自言自语道：昨晚，在床上穿着我睡衣的人到底是谁？

最后，即使我们离去了，也会竖起早已刻好的墓碑。那是我们在这里生活唯一的凭证。它像一把锁，把我们锁到一起，阻碍着河水从身上流过。那夕阳也燃烧起来，锁链灼热通红。第一次，我们距离晚霞及其下的世间万物如此之近。我们偶尔变换着慵懒的脚步，世界便露出其耀眼的真面目。花草的根不住的摇晃，树叶堆满山野，在飞禽走兽的家园里，我们也充当着言谈拘谨的访客，一旦他们热情招待，季节的界限便会自然紊乱。

在冰雪中，我们采集荷叶来充当遮阳的帽子。在樱桃树旁，梅花也竞相开放，一吐芬芳。此刻，在屋檐下，淡蓝色的夜空中，群星璀璨，只缺一轮弯月了。或许，她正从世界的另一边奔驰而来。她的父亲、兄长则像平常那样对我们手足舞蹈，企图掩饰她早已消逝的事实。

天明之际，眼前的热闹都会平息下去。而只有我们还会辛苦等待真正的弯月，她的到来，是我们彼此唯一的嘱托。

我们像享受日光浴的老人们那样，坐在门前的花园里，听她讲稀奇古怪的鬼故事已是一种久违的乐趣了，我们还扮演过其中的一些角色，那善良翻墙的女妖，常会被视为白天里行窃的小贼。

我一直很少说话，也很少看到自己在地上的影子。它只要露出一点白光，我在此地的秘密就会被发现，我要把你禁锢于此地的愿望是多么难以启齿。

在见识到你比大多数人都容易被我遗忘时，我就不再夜晚去见你了，我是说你能不加怀疑的相信我的谎言，听从我的安排，因而，我们都变的十分脆弱和幼稚了，有时，在分开的时候互相写信，却常以陌生人的口吻考验彼此的智慧。

我们只玩过一个游戏，叫你把所有的东西都藏起来，你一开始不明所以，以为我要帮你找回。确实，我也那样做了，而且很出色。只是你没能等到预期要来临的月亮，我担心你生气，于是一整晚没有走开。

我没能告诉你，在我来的路上，早已把月亮遗留在了一个无名的山村里。

第一次的会面，我两手空空的就先走了，给你解释说我时间有限，十分仓促之类的话语。等我说完时，感到道路两旁阴暗的角落在我脸上融化。你的目光越过了我，直至背后的远山，我感觉发声是徒劳的，这将又是一场漫长的休眠。

冬天也是在那个时期一分为二的，人们还举行了一个庆祝活动，多少鲜艳的衣服，悬挂的旗帜，更多的少女们走到一条复古的巷子深处，那里灯火通明，人们在整个晚上玩乐不止。

而我们，却是匆匆就分别了，并约定好了以后的见面日期。我们都居无定所，却要为了新的床位，新的门牌号而赶往下一个地点。

昨晚六点钟的时候，我闭着眼睛写了一页纸，梦早已不在笔下喘息了，我放走了它犹如宽恕了一个孩子，晨光不仅驱散了黑夜，还驱散了我灵感的来源，我梦中的睡意，它带来无尽的幻想——这一切被迫的劳作的根源。把音乐一直打开，它正从头顶开始将一层层因困倦而发霉的皮肤剥落。两臂摔在桌子上，身后白色的墙壁，我只想涂上五颜六色的烟雾。

整个房间就是一条深长的走廊，我躺在地板上，双脚就可以碰到离它十几米外的栏杆。但从这里走出去，我又需要半个小时，它随着你影子的长短而定。而光线的每一条变化都诞生出一个转折，当你不知该往哪迈步时，千万不要相信眼前真是有光的残留。它只是你焦急的一个产物罢了，只会在额头上不停的来回滚动，然后我的怯懦越来越厉害。

我又想起了上一次离别的情景，你身着浅灰色的裙子走后，我差点晕倒，深呼吸也解决不了那瞬间的麻痹。整个房间于是开始发笑，连同呜咽的钟声，那是一次次将我击倒的拳头。

在大脑里装进红色的线编织而成的雕塑，它会供给血液以新的土地，在眼睛里横放一棵老树的枝干，嘴唇上镶嵌金黄色的叶片，当我就这样走出去时，只为能更好的辨识出你，并送去祝福。

这已经是两个月过去了，我等着最后一天。那却又是一个节日，但愿我们能陪着那些大街上游走的人一起度过。而我们也早已习惯了将自己扔到一个个从来没听说过的地方。在一片荒野中，杂草黯淡无比。我们一直往下走去，也能找到一些更为凌乱的巷子，更加热闹的地摊。但这些人我们都似乎是从没见过，他们中的任何一位都比别人更加棱角分明，面容白皙，我们不敢说话，也不敢走近一点，仿佛面对的是一片平静的湖面，一件件价值连城的瓷器。

无论何时，这些崭新地名的出现，在我面前，无异于新的城市的建立。方形的房子在这更为广阔的地上拔地而起，我凝视它们飞扬的尘土，不久前还觉得那只是深谷里溢出的浓雾呢。

就在那拥堵不堪而又呛人的房檐下，我们躲进去，一直站着，直到周围的人都到了之后，我们异口同声的问道：下一次，你将去往哪里？

从一场雨开始，又从一场雨结束。

在一家卖烤饼的店子里，跳跃的焰火将湿透的衣服烘干。我们坐在中间，不顾左右的喧闹反而觉得将要走的路途也早已成为了灰烬，静悄悄地洒在了夜空下。

我们吃的很少，只喝了一点水。只有饥寒交迫才能让我们早已昏睡的身体苏醒，我们曾把房间里装扮成冬日下的傍晚。在整个白天里，不肯出去散步，到了真正的黄昏时分，我们则改变屋顶的颜色，地板的光泽，在最忙绿的时间里春夏一直是被排斥的，它只是我们变的慵懒时，出去旅行的契机。

刻有数字的钟表让我们长久的站在自己的倒影里，抬头仰望，它滴滴的响着。你是在哪一声消失了后从我身旁悄然离去的。过去，我环顾四周，寻找那足以绊脚的一块凸起的红砖，我尽力避开着，但却依然在一个梦醒之后从床上摔落。所有的时间都被更改，相识的人也对我咬牙切齿。他们中的一个人走出来对我说：为何你要对我们紧追不舍？

就要被这样的慌乱吓的面无血色时，我忽然意识到这只是一个双重梦，我用力揉着自己的眼睛，身体向一面墙壁挤过去，果然此时，我看清了真正的那个钟，才上午十点左右。

我们经常在一位肥胖的女房东家里醒来，这又是一个梦吗？在三楼向右走的第一间房里，我们可以透过窗户就观赏到一个十岁左右的小男孩技艺娴熟的在游泳。女房东说，那是她的一个侄子。我们半信半疑的，毕竟她连自己的姓氏都曾记错过。而在第一天，她对着我们抱怨道，这个地方本是鲜有人来的，如今却分外热闹起来。原本她走过很多遍的石桥竟也被偷换成了什么吊桥、索桥，摇摇晃晃的让她头晕，这些都没人告诉我们，像我小时候还背过石头呢。每次都是一大筐，走路一点都不影响，平稳的很呢。

她的歌非常好听，可你偷偷地说，这说不定和她的体型有关。

第七章

狼和月亮的故事

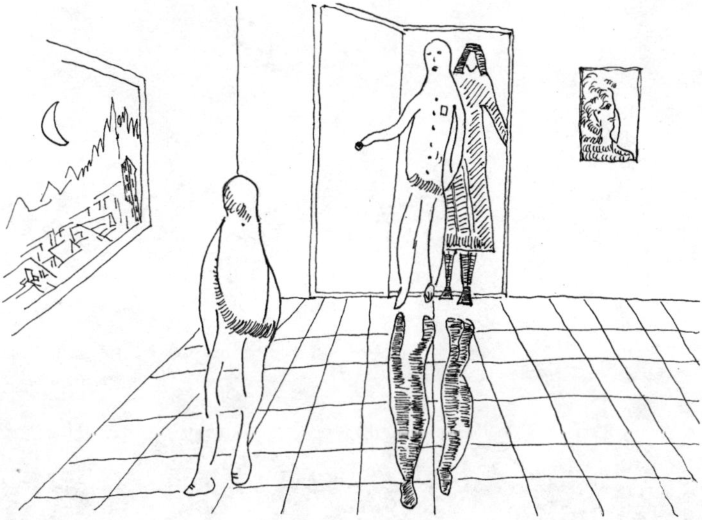

——我们在自己的房子里，吓得在各个窗户下躲藏，度过了一个个精疲力竭的夜晚。

小时候，我们最好奇的是真的有狼存在吗？

据说，它隐藏在树林里，而月亮则躲在它的眼里。

土地是冬雪后凝结的霜，从山顶上倾斜而下，从远处看，好似它温热而抖着银白色皮毛的身躯。

它真的吃过人么？那些在山林中穿梭后来就失踪的人，我倒也见过几位。但始终没记清过他们的模样，偶尔听说了这一番惨剧之后，仅有的印象变成了一只硕大的狼头直立于人的身体之上。有时，在噩梦中也常把河边的垂柳那柔软的枝条当成是头狼的尾巴。靠着它，总觉得下一秒就会被吞噬的干干净净。我常在半夜中惊醒，紧紧盯着那还能透出少许光亮的玻璃，只要月亮还在那里，我们才会放下心来。我们早已把自己的身家性命都寄托在那上面了。

它成了年少时孤独的童话，悄悄的跟着我们走过午后悠长的道路。那极为茂盛的草丛，扬起漫天尘土的田野，再晚些时候，我们从矮小的柏树里跑出，留下一两个哭泣中的小孩，被它偷偷的咬住衣服。

后来，当不再能时常听说起它时，整个光滑的高原上再没有那些特殊的骇人印迹了。旧日冬天里的这些领主们都温顺的赶往其他土地。它们的皮毛在我们的大道上舒展开来，装饰着门窗和卧室。它们这下如此轻易的就进入我们的生活，观看着我们的一举一动，成为了我们新的守护者。童年的幻想此后变的异常圆满，并且能四处炫耀。

是否，我太过于轻易相信那个传说？

那些敲门的声音，那些急促的请求，像极了它，一直蛰伏于我体内，如今只是常在别人身上复活。

当我害怕时，心底里的它便对月长啸。整座黑暗中的远山，都是它肆无忌惮破坏后的家园，它来回的践踏，怨恨的眼神就足以将晨光推迟几个小时。

在最漫长的一夜过后，我们醒来，仿佛已过了十几年。互相望着彼此，这几乎是第一天相识的情景。

穿好衣服，走到门外，却依然是那窒息般的呼吸传来。最后，我们跟着这头野兽跑了起来，

从此，我们不再重提其它更为美丽的幻想了。

每月初，我们最容易失去彼此的音讯，我不得不把你安插在每一个可以自由书写的段落里。属于你的一个节日，我从朋友那里听来。你会买上一大簇白色的兰花摆放于山底下的十字路口。在你默默遥望的地方，树叶都会停留在半空中。也许将来它们会落回到我们的窗前，也许此刻就会化为泥土。你很久之后才会离开，一股青烟升入云雾，在五月的第一天，天气忽然转晴。

然则我们却还只能寄居在阴暗潮湿的房间，看着那悠闲的人们从大街上走来，而让我们只是不断的徒增睡意。今天难得能在早晨，八九点钟就已人声鼎沸。从床上起来，恍惚间看到好多条被单和白色的旗帜互相缠绕着。从他们那里传过来的话语声和脚步声是那么的脆弱，连结束了冬眠后的昆虫们都开始繁殖。由于意识到缺乏撩动心弦的音乐，我们于是找到了一首名为《朝闻》的曲

子，然后坐在一盆应该是兰花的面前，悠然的让这古老的曲调来把我们再一次叫醒。

以前，这里能居住的地方估计是一片峡谷，我们则是不小心坠落的羊群。此处还聚集了一些梦游者，迷路的行人以及躲避暴风雨的水手。这里是无法突围的，四周全是暗礁，而且在脚下好像已埋葬了很多尸骨，偶尔会有乌鸦在高空中闻到气味。它们一只只快速的俯冲着，无视我们的呐喊。我们张开双手露出可怜的神情，好像是向着这些地狱的使者求救一样。

这就是第一天当你去祭拜一个你的亲人时，我和更多的人已踏上了这样的一条道路：两旁的溪水在雨季中泛滥的遗迹还未褪去，它们也开始恐吓我了。

而一想到以后，若你能来看我，能送上几朵随便什么黄色或是紫色的花，就算是我的幸运了。所以今天，能否安然返回已是无关紧要了。

再一次忆起《朝闻》的一句歌词：清晨的花朵和月亮分离时，她们互相遗赠的光辉在人间吐尽了芬芳。

身体渐渐从椅子上滑下，就这样慢慢睡去。直到下午你怒气冲冲的打开了门，再将我推到房间的各个角落里进行审问。

我好不容易睁开眼，凝望着你，好像你从什么危险的地方刚刚获得拯救。你的双手满是尘土的味道，正不安的不知该放在哪里。

而你劈头盖脸的第一句话却是：何时，你已改变了我们房间的颜色？

还记得我们曾借宿过的小房子么？米黄色的外墙，红色的屋顶。你看，今天，这片蓝天下，不是也有很多么？宽窄不尽相同的巷子，有时，只能容纳两个人通过。矮小的房屋，随时都会从地平线消失。偶尔，出来走动的人，像极了跳跃的雏鸟，寻找着黑色的谷粒。

这要是在过去，我们定会在长长的绿荫道上搜寻奇形怪状的石头。白色的座椅上，各种笔迹记录了最初爱的表白。在那里消耗上几个时辰，要比待在这房间里刻意追求太阳光的角度要便利的多。它总是对一眼所见表示宽容，而对我们这种处于半生病状态的人，却异常吝啬。

你的某种告诫也和这晴空里的阳光一样，在你沉默的这十几分钟里，我常常像在做一趟旅行，这些微妙而间断的时刻里，我尽力去看清一棵树的模样。它的旁边密布着草丛能长出锐利的刺。我从一条山路拾级而上，还没到头，就又回到了你的跟前。

那时你早已朗读过一位钢琴家的回忆录，为了躲避一些少年的欺辱，你们都会躺在一个废弃的琴行里睡一下午，哪知却彻底迷恋上了那种残破不全的声音。他本人讲的很生动，不像是编出来的，“结局是什么，他是怎么死的”，“不，他还活着，只是生了重病”。

他不该在那废墟里待太久，以至于等他出来时，他多像一千多年前的那些人。而我，你知道的，两个膝盖里聚集了冷风，像窝藏的一把匕首。

在过去，他可以做一个工匠，营造起坚固的城池。

没有比他的回忆录更简短的了，还不到一百页。等你讲完了故事，也原谅了我的冒险之举，下午，我们终于决定要去散步了，还是像过去那样，这是唯一有助于恢复健康的方法，这个月将要从上一个月中解冻出来。

我想，这次，我们应该走的再远一点。这样，我才能学会如何更好的和你消磨时光，可是，那就得担心等不到回去的车子了。

那么，我们就顺道去你那吧。在同一个街区里，我可以再次借宿也说不定，何况那里我还有一个朋友就居住在你的隔壁呢。

我看了最后一眼这一个房间，终于要离开了。它依旧是一块大理石雕像，一只手支撑着下颚，严厉的注视着我们从门缝的阴影里消失。

我们走出去，已经是很远的一段路了。我依然牵挂着现在那已是空荡荡的房间，或许刚才我们只是悄悄的躲进了门后面，故意踩出响亮的声音，说白了，就是我们并没有离开，而是想和它玩捉迷藏呢。

也许在下一瞬间，当我们的腿都发麻了，就会乖乖的站出来，推开门，以一个获胜者的姿态说着：看，我在这呢，你没找到我。我越是大声的说出来，就越是掩饰了我因很久才露面而产生的愧疚。好像由于某种原因，我不能和别人轻易的就走出去，并且整晚都回不来。

然而事实上我并没有真的站在门外，更没能回去，而是忐忑不安的带着你快速的散步去了。平日里，我们一向走的很快，今天，也是如此。唯一的顾虑就是担心明天回去时，会受到那分明是一无所有的“空间”的质问，我不愿隐瞒，可是倦于冗长的坦白，很难让“它”明白在外面我所经历的是什么。最后，还是得搜肠刮肚的编出个理由呢：去吃饭了，玩去了，在朋友家中过的夜，早早的就睡了，这是多么的尴尬啊，以后我看还是真的少出去为好。

等想好了此种对策之后，我便渐渐的放下心来，心中的不适也有所减少。当你开始对我的沉默表露疑问时，我说：我在想以前我们在晚上偷偷跑出去一起逛街玩游戏的情景。那时我们就五六个人，都是十二三岁，就已经无所畏惧，一个个成年人的派头了。好像是得了什么意外的奖励，都去了平常不敢去的饭店，偶尔也有偷着抽烟的，这恐怕是那时候做的最过分的了吧，恰如我们现在的生活。

你们胆子太小了，我小时候也经常那样，而且，一直很光明正大，主要是父母都很宽容，不会特别责骂。

我们的父母都很宽容啊，所以才会更加隐瞒不说。

我一这样说出口，便觉得是在辩解。这本是再过三四十年才适合谈起的话题，怎么今天会被牵扯进来。而在我面前的一道阴影里，一个男子正惊慌的跑着，我说：你回头看一下那个人，如同我们在其它时刻看到的一样，他每次转身，都想摆脱什么。他在这么晚了才从那些大楼里掉落出来，已算是幸运的了。可是，他的眼里却只是一团黑暗中轻微颤抖的红色烟雾，就快要穿越到自己体内了，它们会弥漫在整个心房里，直到他因发狂而昏倒。所以，他的奔跑都是徒劳，还不如站在原地不动。他无法表现出更多的恐惧，所以只好直接蜷缩在墙角下。可是，至少，他还没有完全放弃。他好像哭过了，神智不清。此刻，若是仍留有最后一点力气，他会试图喊出什么的。

然而，几十分钟过后，又什么也没发生。

我们继续走着，一些莫名其妙的碰撞声从远处传来。我们的大街上降落起了冰雹，雨篷和玻璃突然跳跃起来，如同刚出狱的囚犯，砸碎了金属制成的锁链。我们也为此兴奋不已，伸出手，看着冰雹在掌心里，像小人国的小人一样，一旦踮起脚尖，就会被风吹到不知名的地方去。

改变我们心情的最好办法是换一种天气，不知对别人是否还适用？

今天，这一个陌生的男子，我们看见了他眼神中有着对和生命同样珍贵之物的渴望，甚至是迫切的需求。如同他已见识到了生命的全部欢乐和痛苦，只想着如何奋力的追逐掌握它们的力量一样。他的这些野心令他太脆弱，凡是在这夜晚与我们偶遇的人都太软弱，都该统统的直接送他们到七八十岁时的世界中。那时，他们至少会多长出一双眼睛，专门用来观察，那些喝水的人，做家务的人，开车的人。

我俩也属于这一类人，唉，这是在出门前就该明白的，否则我们也不会困在一群因为一辆自行车而争吵起来的人群中。他们咒骂着彼此，声嘶力竭，他们之中有人看见了我俩，差点就要拿起砖头也扔向我们了。当初，就应该让我们全都成为瞎子盲人般度过前半生。而到了年老的时候,再康复。在那仅存的几年或是几个月的生命中,我们看到了生命结束的情景据说是极为相似的。

床位总是被刻意安排在一扇可打开的窗户旁,每天有定时的音乐和电视播出。纯正的牛奶旁常有新开的鲜花,纷乱的家中比任何时候都要宁静。自己的倒影趁此机会终于站了起来,自由的穿梭在各个房间里。

如果可以选择死亡的时辰,我不要那晴朗的白天,而宁愿是风雨飘摇的深夜。电闪雷鸣应是对我最后的致意和裁定。面对着它,我才会露出一丝微笑,权且是对我那微乎其微的善意所做的唯一回报。

因此,这个夜晚里的冰雹,让我预见到了生命末日的情景。费了好大的劲才回过神来,便得意的在雨幕中又一次次重温着。

无法再走更远了,我们思量着是否原路返回。不,我们不能错过这样的机会,可以去发现同样身陷绝望中的人,他们的衣着、神情以及行走的路径,尤其是在这样的天气里,我期待着他们将展示出一幅幅更为完整的场景。但那具体是什么,他们又是谁,现在还不清楚。但是只要我们尝试的去辨别,就一定能找到答案的。他们身上反射出各种颜色的光,那脸颊上的欢愉和痛楚,都是他们不可抹掉的标识。

和其他所有游戏一样,改换身份和姓名是我们经常使用的生存手段。而每次被问及到你叫什么,你是哪里人时,我都觉得这是一种威胁,现在想想我们从未对那些人友好过。他们枯黄的双眼,睁的很大,又一副贪婪的脸色。只要一开口,我就会自动反胃,他们更像是一只只老狐狸,站在面前,浑身散发出难闻的气味。

如果还需要一个比喻的话,在自然界中,一片落叶,一匹野马,甚至是一场晚霞都要比一个人更像他自己。当然了,他可能早晨还是在水里畅游无阻的黄鱼,夜晚就成了河岸边的一堆杂草。而他曾经钟爱的溪流也说不定就是那里等着燃烧的烟火。

有时,当我们发现了一朵花或是猫的一个种类时,就像是看到了现在的自己。我们终于不再是独一无二的异类,在出生时,都至少是一对双胞胎,而他们保留着我们的秘密,孤独的远走他乡。后来"他"也长成了和我同样的面貌,我们的一生无论多么短暂,所居住的地方又是多么狭隘,然而在生命结束时,都要走完那遥无止境的一条路。我们的同胞们一直在山谷中翘首以待,在树丛里,他们发出或是凄惨或是悠扬的叫声,闪耀着从没有触摸过的光泽,从没有闻到过的清香也引诱着你。那时,即使旁边就是高大的墓碑,我们也再无遗憾。

可是,出生除了是从母体上割裂开来,也同时将我们自己划分为很多个碎片。这就是你觉得我身上残破不堪的原因。也只有你站在一旁才看到了这种裂痕,闪闪发光如同在你身上也发现的一样。

你看,那旧日的伤口从没有愈合过。我们只能在风雨中偶尔找到一点止痛的膏药。生命就是这样延续着,我们被远方的神秘所治疗。在逐渐接近真相的进程中,我们只会在最后走向康复。

还有,你知道这样的时刻里,暴风雨的夜晚意味着什么吗?想想今天我们的经历吧。本来,我们应大自然而生,迎合着它的一切善与恶的组成，难道就不能拥有一次浪漫而温馨的徒步旅行？在我们共度的这几个时辰中，冰雹迅速的摧毁了我最初的愿望。但是却让我窥探到了一个人的绝望，他的固执，他不是别人，而就是我们。

而我们却天真的在另外一些无辜的人那里也宣称发现了这点，就好比是在别人身上下的诅咒一般，最终会以三倍的力量反弹给我们自己，我们生病的面貌被放大很多倍，在亲朋好友间来回传看。

我们沉没在这之后的一片空白中，在过去，常常会有一种声音将我们惊醒。比如：双脚刚好踩在冬日午后冰凉的阳光洒满的石子路上，走过阴暗的走廊时传来的笑声，偶遇一个熟人却瞬间惊慌发出不知所措的叫声。而现在，雷雨滚滚而来，我们要奋力的在泥淖中抓住彼此，很久之后，才爬上了陆地。长长的舒了一口气，便把之前的过错全都抛弃。

等雨停了，你再忏悔吧。别总在这样的天气里把自己装扮成一副救赎者的姿态，太恶心了，天知道没过多久，明天甚至是下一个小时，你就会全部忘记了这种所谓的哀哭。你说还要仔细观察的那一类人，事实上你一个也没在意，他们就只是从你眼前轻飘过而已。之后，他们的人生仿佛就掌握在你的臆想里，且无力还手。真正坑害他们的是你，你所传达的只是一种可怕的哀鸣，没有丝毫同情。

你说得没错，我完全同意，可是却忽略了最终结果。那就是我将一直生活在他们的附近，虽说我们也是彼此生活中的陌生人。

这和生活没什么关系。你一直在狡辩，你只是自以为是罢了，从未真正接触他们的生活。

这就是你不知道的了。我参与过你的生活,他们的生活,我的生活就是这样重复着,好像是没有真正存在过我独有的生活,我只是对你们的过去都很熟悉。我把自己的生活当成是你们所有人都能够生活的一种记录,我相信过去和未来都会被我诠释的很精彩。

当我这样回答的时候,感觉是在搅动一潭深深的湖水。它已经凝固了很久,今天,我却要让它旋转起来。从它的底部向外遥望,天空和树木都是混沌的,像我粘稠的心。

我若同意你对我的任何判断,那意味着对我过去的背叛。背叛对我来说,早已习以为常了。

在我脚下忽然涌起一座山,我站在那里,静静的凝望着,时光过去的这么快,这么久,我却还想再拥有一双眼睛,仿佛什么也不用看到,但却永远要保持着朝向远方的姿势。它一定能穿过许多细枝末节的阻碍,直接望向如今和未来的我。

傍晚,我们格外害怕夕阳,都挤在它底下一起悄悄私语着,偶尔探出身子看它有没有从我们想念了很久的农场上离开,我们预备要在那里玩耍呢。

有时候我们惧怕它,是因为不知它到底有多美好。但对我们来说,一旦了解了它的美好,却会更加的怯懦。

每一个房间全都有它忠实的手下,占据着飞鸟觅食的角落。我们的脚步开始震颤,害怕会从屋顶上摔下去。在渐渐靠近一个鸟窝时,那用来编织的木头变身为一条细长的花蛇。它朝着我们吐出了黄色的舌头，而镇定自若的我们，却以为它只是要引吭高歌了，像一只公鸡抖起那鲜艳而肥硕的鸡冠。

从此同样的时间里，我们都不敢再肆意妄为，甚至淌过溪流，在石头间跳跃，瞒着家人徒步到很远的田野里。我们只好安安静静的躲在还没装修好的房子里，望着一堵堵灰色的青砖，等待着冬天的到来，无处求救。

那是一个温暖的季节，我们都在灯光通明的窗户下，看着窗纸上的幻影。那里有一座座深山和沟壑，火红的云彩，以及风雪中的羊群。我们会得到允许去买来酥软的饼干或者是吃上一碗热腾腾的面。

和我们息息相关的动物们，也都消失匿迹，它们是都受到了某种禁锢或是赶往到另外的村庄中去了。我们突然变得势单力薄，连出门的借口都没有。在早晨的几个小时里，我们会从一条条大道上开拓出若干条干净、整洁甚至是滋润的小道。我想要是再种上紫色的牵牛花，一定会开的很好的。

有一个晚上，我大胆地从家里偷偷地出去了，本意是要去和邻家的一位姐姐告别，明天她就要到其他城市去了。但走进了他们家之后，我却只是悄悄的对她的弟弟说：山上的杏子都熟透了，哪天我们再去摘几个吧。

那天回去时已很晚了，从那之后，就好像不断有人离开，各式各样的原因。而我也要到两公里之外的地方念书了，可是几乎每个晚上，我都要徘徊在家门口，好一阵子，才能安心进去睡觉。

轻轻推开我那扇蓝色的门，好像它打开了，又却在隐隐约约之中缓缓关闭。清晨的薄雾弥漫在周围,雾水从容滑下,我完全忘记这是什么季节,什么时辰。我一次比一次大声喊叫着,每踏一步,都是软绵绵的,双手撑开,四周又竟然是坚硬的墙壁。我极力的看清走过来的面孔,又想赶紧转身就跑。我认为自己走错了房间,不敢相信这一切都正在发生着。

然后,我还是不再确定自己走进的家门还是不是我原本的家了。同时,门前的那条路好像在很多莫名的地方都见过。我注定不能在说好的时间里返回,这是我唯一的一次失约。

在大雨倾盆的日子里,一条条柳枝究竟是怎样携带者金黄色的鸟儿垂入湖水里的。这一场无声的表演,只有在树顶上架起窗户才能看得清,打开的时候,乌云随之涌现,一旦它关闭了,我们睁大眼睛,但却只能在模糊的玻璃上看到红光与绿叶的交融。

它们正在描绘出一整个秋季的早晨,我们从疲倦的梦境中苏醒,在飘满了树叶的清水里洗漱。这一天剩下的时间,我们会坐在门口的椅子上,数着有几片云朵,有几座山消失,有几道洪流又从山顶流下,有几块田野被淹没,那白色而令人眩晕的泡末,像极了胀气的胃。我们纷纷赶往医院,寻找仅存的床位。

而那里只有一些未开放的花朵,长年累月的被冰冻着,这一次却偏偏燃起了大火,我们被告知要迅速离开,在那呛人的气味还未散发到半空时,我们就已出现在一家旅馆前了。无止境的睡眠和说梦话取缔了摆脱药物的某些疼痛。用热水敷在伤口上,在深夜里来回踱步。打开的灯又关闭,和自己争吵。安慰还能哭泣的人,泪水让我明白了此时真正的局面并不乐观。

我们终于鼓起了勇气，走到了大街上，那是要比任何房间都要清静许多呢。眼睛里通红的血丝渐渐褪去。我才发现在一个竖起的旗杆上竟挂满了刚刚砍下的羊头和剥了皮的兔子，以及光溜溜的野鸡。我们饥饿的却只敢一碗碗的喝着清水，然后再望向那散发出巨大腥味的旗帜，浑浊的血迹一点都不比我的手臂上的少。

幸好，在随后的三天里刮起了风。漫天的黄沙替我遮蔽了所有时刻能引起伤痛的症状。我们仿佛又沉溺到了深水里，渴望着能抓住一两朵偶尔漂浮的云朵来获救。

另一些时候，我们不敢再睡到早晨八点了。令人窒息的梦境会准时而来，而我们只想伤害彼此的身体。在胳膊上刻出几个三角形，几根扭曲的线条。日后，那里将会有新的伤疤。我们多想把自己挤压到墙壁里去。在房间里，当桌椅都静止不动时，我们变的日渐烦躁。

窗外，一片绿色的花叶伸长到苹果盘里。我们恨不得被这样的清香迷倒，任凭新来的燕子在身上做巢。它们已经在我家的周围窥视了很久，在对面的山坳里，它们熟悉我们曾经烧烤麻雀的步骤。

后来，在早晨荒废的园子里，我们寻找着那曾被掩埋的羽毛，而枯草或许就是由它们的骨头长成。大雨冲刷之后，冒出缕缕青烟，没有熄灭的灰烬，令干干净净的土壤留下发黄的斑点。鞋子上满是泥浆，几块小小的碎石上竟刻着我们过去的名字。而当我临走时，按照当年的约定，要从自己的衣服上扯下红色的布条。第一次来的人还要献上一顶帽子。最后，再恭敬的把这些祭品摆放在仅剩的一堵墙头。

这样的仪式，我们只用来抵抗风的力量。我们不止一次被它吓倒，它比黑夜还能吞噬更多的光亮。每次翻山越岭的跑回家中，它总会在半路上将几座古坟的灰尘吹落到我们的眼睛里。而在房屋的外立面上，那薄薄的一层倒影说不定就是它的巢穴。半夜里，它打破窗户，潜伏在我们光滑的地板上。整个晚上，它不知从哪儿汲取一汪明晃晃的溪水，总让我们以为那是碎裂的镜子。

每次当前一天晚上风声呼啸，早晨在洗漱时，我才敢抬头，快速的掩面而逃。屋外所有的地方都已站满了人，在说着我怎么也听不懂的笑话。这一天，它们还会在我的脑海里继续繁衍。我因而变得身心紧张，额头上不时还会渗出冷汗。我一定是在那些笑话里扮演了至关重要的角色。

这是当我一度感到虚弱时，唯一想摆脱的困境。我的力量，和大多数情况下一样，看似只剩下了保持沉默或是谩骂。

在自己的倒影里，我倾斜的迈出每一步。小心翼翼的走着，生怕会掉进附近的湖水里。此刻，我的眼睛不能再直视前方了，向左，向右，最终，它让我转身，回到茂密的丛林里。在漫无目标的奔腾之后，我气喘吁吁的躺在一片树荫下，成为一棵小草的模样。

一件大红色的衣服，从年少时开始穿起，就从未再脱下。白色的花朵，蓝色的条纹，跟随者矮小的身影们统统消失在夕阳包围的荒草丛里，蜜蜂也隐藏于其间的一片叶子上，熏人的花粉却很容易就暴露了它们的行踪。我们便在很远的地方唱起了童谣，扭动着脚步，紧接着也有人假装晕倒。雨后，清新的泥土随之被抛洒到他的周围，直到他感受到寒冷才作罢。宛若半夜里赤身裸体的走到院子中间。

当我们忙着建造起一座空房子时，便渐渐的与所有人疏远了，记忆中仿佛是在泥浆中耕种一般。新鲜的种子刚一落地，就不知道流落到哪里去了。在下雨的时候，我端坐在一根光秃秃的主梁上，刻出黄色的文字。我反复瞧着手中的利刃，油漆一滴滴的凝固着，也许下一刻，我的手指就会埋葬其中，但不管怎样，我都没从那里摔下，反而是从一场惊梦后的床头滚落。

今天，在一块凹凸不平的石头上，我回忆起三五天前的日子。我一直以来的家人、朋友都已从那时开始延续各自的生活，而总是有昏天暗地的空白充斥着我早已杂乱不堪的日子。为了避免在月夜的虚空中找不到床的位置而四处遮掩身体，于是，我决定很早就回到那个只用来住宿的房间。

从一幢木头房子里走出来，我又孑然一人，耳边的声响都似在深谷里游荡。我向另一片山崖走去，遥望高空里飞过的一百只鸟。我久久的站在它们的阴影下，内心正在不断的积蓄力量。后来，我得以向前迈步，小心翼翼的尝试说话，舌头舔着苦涩的双唇，眼睫毛也在帮着辨别方向。双手第一次可以独立思考，它紧紧握住，又轻轻松开。在一阵迟疑之后，它带我又来到了一栋高大而灰白的房屋下。棕色的大门，蓝色的窗户，几个打破的碗，丢弃在一张三条腿的桌子上。就差一步，我就要推开门而入了。

这座堪称古老的山洞，它的每一根柱子顶端都藏有用花草编织而成的麻雀的巢穴。它鲜艳明亮的玻璃让我误以为此刻还不到凌晨呢。

究竟要用多大的力气，才能像如此轻易的就走入自己的身体里呢？我看着自己，永远是一面厚实的墙壁上的衣服图画。颜料混合着长年累月的雨水，我周围的空气也和我的面貌一样的斑驳、干裂。稍有不小心，一些尘土和无名的小虫子就会掉落下来。当然，曾经的某个时刻里，甚至连婴儿的哭声都能唤醒渺茫的光线。

但至少我不在这样的空隙里感到沉闷，尽管我悬挂在那巨大的房顶之下，眼睛就是一面镜子。我努力的看清，却一次次坠入深渊，在落地的刹那间，房屋瞬间倾倒，飞鸟噙着满口的尘土，又从窗户逃离。而我片刻的心愿，就是还能接近它的巢穴，并再一次将我心中的石头供奉在那。

此刻，要是能继续那一次的暴风雨之夜该多好。在莫名奇妙的恍惚中，我们偏离于各自的道路，走向更为狭窄、散发着令人作呕的气味的巷子里。一个很久都没见过的亲戚住在一棵大树的后面。我们看着那仍未熄灭的灯光，却没有了敲门的意愿。习惯于在黑暗中穿行，便不肯向一丝光亮说出懦弱的请求。

许久，我都未曾听闻这样的传奇了。你竟然还一路跟着我，我们素不相识，现在还怨恨彼此了。

快滚开，我想听到你这样说。

我被你的镇定弄糊涂了。你看，这样的天气里，人们适合思考家庭和男男女女，而不是像我们这样争吵。我想让你离开我，因为你一定会找到一个好的住处，而我，愿意代替你在疯狂的雷雨中享受这唯一算得上是静谧的一天。

你已经在胡言乱语了，我看到了一个男人真正的怯懦。不是在祈求，而是在摇头说“不”的时候。你想诋毁自己，我不管。你想让我离开，就不行。换句话说，当你闭眼时，我会带你走出迷途。

……

当这些猜想都结束时，我忽然想参演一部喜剧。

从一个山坡上走下，我迫不及待的找寻属于自己的剧院和环形的阶梯。

在看见别人提上行李慢慢离开时，我多么羡慕她。多想和她一同走出这本只开着七盏灯的图书。

第八章

动物间的笑话

——我们不小心丢了一条小狗，一个小孩子便整日整夜地哭泣，责怪着所有人。

在上一个月的第一天，那是一位朋友的生日，热烈的气氛同样让我感到绝望而无助。我被一些美妙的声音抛弃了，那所有献歌当中最激昂最婉转的啼鸣都与我无关，而我只能在这里被唤来唤去充当一个劳苦的司仪，这几乎是失去自由般的禁锢。

第二天，当我渐渐睁开眼时，却发现自己是在一棵杨树底下躺着。在依稀残存的映像里，我看见一朵红花为我准备好了床铺，而它摇摆的身姿，是那半夜里梦游者唯一的响动。

天空是黑的，大地在早晨变白。

我在树荫下来回奔跑，只想让扬起的烟雾能燃烧起来，颤抖的肩膀，前额，以及汗水浸润过的头发，这全是我心头里情不自禁的欲望。

为了打开一扇高高在上的窗户，便要将房檐的鸟儿赶走。它筑的巢，将是我新的临时藏身之所。当所有人紧急的敲打着墙壁时，恰如是一只野兽在追逐着我。不要害怕白色的狗，黄色的狗和黑色的狗，总之，即使是站在它面前，也要保持安静，像一只偷吃玉米的老鼠。

还是会想到麻雀，它和那逃跑中的老鼠有什么差别？在一个下午，它们曾一起被倒挂在窗台下。幸好，太阳出来了，它们终于得救，便又急于随着汹涌的洪水一直流进肥沃的田野里。偶尔，也会有冰雹砸落在一些不幸的尸体上，残骸肯定会在第二年的春天才被发现。

土地焕然一新，像翻开的嘴唇、吐出的舌头，以及小兔子们柔软的绒毛。它们不知从哪里冒出来，每次都预示着大雨降临的好日子，人们则去准备好硕大的瓷碗和盛水的盆子。漫山遍野里去播撒剩下的玉米种子，在黑夜中，这些人会虔诚的向前行走，而对忽然就来临的晨曦却不以为意，甚至孩子也开始迁怒与它，它常带来新的伤病，以及整个上午都会没人在家。

偶然的一次，当他们登上山顶时，发现那里竟然是平坦的，可以种出荞麦。红色的土壤，杂草和道路，倾斜着奔跑的牲畜，它距离黄色的沟壑只有不到小孩子的五步之遥。偶尔一阵嘶鸣声在山谷底形成巨大的漩涡，清晰可见，像脱离队伍就变的惊恐的大雁坠入了其中，还是丢失了羊群的牧羊人受到了主家的责备？

这依然不是最忙碌的一天，我得以一个人留在家里。在悄无声息的深夜里，我走到院子中间，走在栓着牛马的棚子里，走在隆起的土墙下，对着远方的残月低语，这模糊的记忆，成为了日后一次次和一些鬼魅般的人相逢时的纪念，都是同样冷清。在人群中间，我们窃窃私语，然后不经意的迈着步子各自离去，没有人看到过我们，经过的人只是觉得我步履迟缓，眼神迷茫。

在晨雾中出走的男孩子，但愿他能提一篮子菜回来。当年老家的院子高高在上，对面的山不停的变换形状。长尾巴的鱼，山羊的脊背，或是猪的头。它们之间则躺着一个肥胖的人，他翘起长腿，学着鸟语，哼唱出断断续续的曲调。夏天，他就是这样慵懒的来到田地里，为我们准备好午间的粮食和遮阴的树枝。每一根野草都会舒舒服服的躲藏在黄土的阴影里，不允许蚂蚁之类的小虫子通过。每一种树都指明一个通向密林深处的方向，当然也会有沟渠。它的对面，几件随便乱扔的衣服已不知多少天了，有很多可怕的传说：那里可能是一个弃婴。没人敢再经过，除非是点上蜡烛和熏香。

背着一大捆树枝，就足以扮演流浪的商人了。他总是能拿出橡胶做的小皮球，铃铛，或是新年的"福"字。跟着他从一家到另一家，学着他唱着新奇的歌曲。另一个民族，或是另一座山下的人们或许都这样装扮，他们家的孩子一定是最幸运的了。日后，在另一片称为"街道"的地方，我又重新见到他们时，风沙的疯狂正在席卷整片天空。他们却依旧站在各自的电线杆下，那个傍晚，再没有好听的歌曲，没有旧日轻松弹跳起来的皮球，人们的衣服都是灰蒙蒙的一片，是他们的抱怨启发了我，街道要有足够的坡度才能方便大雨降落时能顺便清洗屋顶和墙面。

而待它真的降临时，这些人也可以仓惶逃走。身体本是由一座座山林做成，每年都会多增几道溪流。从杏树上飘落着白色的花瓣，在夜晚远远望去，仿佛置身于月亮的另一半里。它的清香从山顶上繁衍开来，笼罩着村落。饥饿的孩童不顾衣服会划破，也要去摘下几片来品尝。稍为缓和一点的风吹过，便如一匹白马在摇晃着自己的鬃毛。它长长的尾巴轻抚着半山腰的太阳，让它一整个早晨都睡不好觉。

后来，我不得不开始学着辨别它是从哪里升起，或者它又是怎样消逝的。一定是在"国外"的某座山下，不和我们同一个种族，那些人建造起石头做的祭坛，日日夜夜供奉着没有一丝温度的落日。

我渐渐熟悉了其他原本陌生的街道，后来竟进入了“城市”去居住，都只为了能听闻到更迥异的曲调，也更不用在风雨肆虐时就四处乱窜。

在一个狭窄的巷子里，积水让我只能侧身靠着墙慢慢走过。一个风尘仆仆的小男孩却从身后飞奔而来。他急速的呼吸着，好像是遗失了什么东西。从他远去的声音里，似乎又传来着二斤白菜，五两豆腐，三颗大蒜……

可就在那个早晨，他有很多个这样的巷子要跑过。等他气喘吁吁的停下时，回头看着昏暗的积水，便意识到他在冬日里穿着难看的黑布衫的日子已经结束。他以为终有一日，自己可以随心所欲的选择街道的方向和名称。他的面颊和回旋的六角形雪花同样纯净，透明。周围的房屋、土地都为了盛情迎接这些而从黄昏中催生。

他挺起胸膛，早已忘记了自己只是一个出来买菜和酱油的八岁孩童。他终于找回了自己的“童年”，他的那些激昂而又悲痛的往事，那都是他在五十岁、八十岁编造出来的笑话。他曾把自己寄托在一种偶然的机遇里，年青的时候，他可以艰难的活下来，还得继续来来回回计算着韭菜的价钱和几斤几两，他比所有人都精明许多。总之，他赢回来身体，从那一位还在等着做饭的母亲那里。

大街上站满了人，互相争吵着，辩解着彼此的去向。火焰在哪里燃烧，他们就向哪里涌去。红色的衣服从身上脱下，扔到空中，这是新的诱饵，只是不再像一面旗帜了。他们贫乏和绝情到只肯用一声叹息来唤醒在城墙下熟睡的路人和士兵。一些他们的家人就躺在那里。偶尔会半睁开眼睛，绝望的看着自己的兄弟离去。

在不同的城市里，他们这样的兄弟传递着各自的信息，写在隐蔽的广告纸上。比如：某某餐厅正要三名临时洗碗工和四名服务生，条件是 18—25 岁，男女皆可，勤奋，开朗，提供食宿，月薪 1800—2500 人民币。当然，另一些是关于出租房子的，比如：一室一厅，带卫浴，月租可面议，联系方式……可他们大多数人又不怎么识字。所以只好一家家的去问了。走到一家理发店就问：你们这里招收学徒么？洗头的要不要？如果回答是“不”，那就接着下一家，又可能是饭店了，他们四处探听着，来到穿着高跟鞋的服务生那里，问道：我们可以给主厨当助手，要么？很多天下来，大街上所有的理发店或是酒店都招满了人。在这里，大家关系融洽，偶尔也会吵的厉害。但他们真实的身份从没被看穿，就只是在老板和客人眼中，一步步踏进来的人都贴满了五颜六色的标签，无论走到哪里，都从未摘下过。

那上面写的字从来都一样：待售。

当我变得“聪明”时，便不在傍晚能和他们碰到了。或是在凌晨八点之前，万一不小心真的碰到了，也会惭愧的翻墙而逃。我身上的标签已换成了：已售。

然而，当我们共同使用的灯一闪而灭时，便都兴奋起来。我们的灵感，舞蹈的权利，在这瞬间得以点燃。

我们像游行队伍一样真正占领了街道，高矮相见的房屋，以及摇摇晃晃的大桥。我看见河水从那里流过，一艘艘破旧的棕色煤船发出嘶哑的汽笛声。这一刻,我们得意的大笑着。有时低缓,有时高亢。第一次,我们称眼前的景象为善意的家园,今天的日期为团聚的节日。只有这一个晚上的时间,我们一个个从出生起开始讲述自己的故事。

下雨的时候,我们是宠儿,而一旦过了十月,我们便会与严厉的父亲在饭桌上争吵不休。一些大人们的秘密,不外乎总是土地和子女。

一阵恍惚,在新年的前几天,才能见到家里的所有人。抱着婴儿的,穿着单薄的蓝色衣服的,总是会咳嗽的厉害的。好像都是从远方而来的客人,要热情招呼几下才突然变的亲切起来。每一年的时间都在变长,连那两岁半的婴儿都能感受到。面对墙上一幅幅白羊的画像,他把手伸进嘴里,似乎已预见到了明年自己就能开始说话。过了几个晚上,他从红色的窗户里探出头来,院子里,正在有人捆绑着一只公鸡。他喊出了也许是除了梦话之后的另一个惊人之语:鸡冠是它最漂亮的衣服。

但他要模仿出生之后的哭泣时,就胡言乱语。那是仅有的一种暗示,可以找回被隐藏的名字。它本该随着他稚嫩的皮肤一起环绕着红黄相间的骨骼秘密生长。

而日后,他的身体成为一张地图,人们根据黑色的三角形标记就知道了绿色草原的广阔与否,许久未再见过的光芒,紫罗兰和雏菊也从一片山谷间升起。

他路过一片岩石的断层,幸运的是找到了自己的脸颊。从那里故意摔下去，四十多米高，多少个世纪里，都有他在辛辛苦苦的开垦出一条道路。如今，这面七彩的墙壁里立在每一个交叉路口，在傍晚，当他回顾起过去的某一个相貌时，都为自己身上的创伤而痛恨不已。或者当他对眼前的辛劳忍无可忍时，只要紧闭双眼一跃而下，就能从噩梦中惊醒，重返朦胧中的母亲体内。

他依然没有意识到，季节交替也会使他精神萎靡。他得花一个晚上躲避上一个白天的疲顿，他在那电闪雷鸣的上午从没有睁开眼。周围的人陶醉在一支支舞蹈里，从天而降的仿佛是烈酒一般。他只得根据衣服的长短颜色来辨别依然缭绕于身旁的脚步都是属于哪些人的。

片刻之间，他就被拥挤的人群排斥到漂浮的街道上了。若不是要寻找一家快要关门的书店，他也不至于如此焦急，错把钥匙和手表装在不同的口袋里。

就像是在捉迷藏一样，他小心翼翼地躲避着一只只肥硕的大鸟。之后，他只得和其他人一起居住在森林里。晚霞习惯性的遍布整片天空时，一位姑娘，从她身后的紫色里走出的一座座山峦藏起彼此高大的帽子。没过多久，抬头而望，流星正在一颗颗降落，他的心愿也渐渐飞逝到很遥远的浓雾中去了。

燃起一团篝火，手里拿着一根木棍。他卸掉所有没有来头的称号，充满悲伤，发誓要在这里度过十年，二十年。他的目光里，既是痛恨，也有怜悯。一些白发的老人从眼前经过，他想自己也会是其中之一了。他们的步调和自己的心跳完全吻合。留下最后一束兰花没有扔到灰烬中，他深深的鞠躬。在其中的山峦里，有他许诺过的一些诺言，也尝过跨越山涧的溪流。从一块偶尔掉落的黄土里，他似乎看到了一整天起风的方向。

在不同的森林和城市的边界间来回穿梭，他的衣服上有着各种颜色的油漆。举起双手，弯下腰膝，他的妹妹亲吻着脸颊。过于更好的天气让他们的重逢都索然无味了，短暂的一瞥，往往错过了五六座庞大的城市。

他在悬挂的招牌上找出黄色的路线，又是古老的博物馆和展览馆。新出土的死人都盛放在石头里，他轻轻的抚摸着表面那繁复的花纹，几颗牙齿突然的蠕动吓的他落荒而逃。从红色的帐篷再回到潮湿的广场上，几个小孩子放起了风筝，恰逢圆月升空，而这时对他和他们来说，永远是不知疲倦的早晨。

他静静坐在一把椅子上，偷听着奔跑中的孩子们讲故事。一个小胖子说是要在夏天到南方度假，一个女孩准备学习唱歌，等等。而他，刚刚从一条河里游过来，从一匹马的背上跳下来，在外省也坐过了回家的车。

直到黯然离开的刹那，他都不清楚自己到底听到了什么，又看到了什么。空荡荡的夜空里，是他垂直的倒影。

有朝一日，他想，一定要爬上那架在屋顶的梯子，他仅有的白色衣服和几个厚重的包裹都藏在那里的一块瓦片下。他收到的礼物，和已经送出去的，都被掩埋在一片清幽的月光下的某个鸟巢里，春天过后，它们都又会回来精心保管。

在一个红色的过道里，客人退掉了所有的房间。中午十二点，从楼顶上传来树枝颤抖的声音，可能是一只白头翁在那里拾获了自己的翅膀。多么可爱，多么年轻，从一扇脏兮兮的窗户上，差一点它就能完全起飞了，后天，暴风雨又阻隔了它飞向一处山林中的寺庙。它只得用尾巴清理额头那一片白日里飘荡的几朵阴云。

很晚的时候，歌声从一座座楼房后面响起，颂扬着鲜花和青草，月亮则为她们提供一片新的场地。要是继续向前走五十米，向右一转，就会看到几个农夫依然没有回家，不远处的小船里，鱼儿自在的跳跃着。船上的灯光，忽明忽暗，好像是迎合微凉的夜风徘徊在稀稀疏疏的早已衰败的水草间。那是枯黄的一片，好似一个昏睡的少年没有洗干净的白色衬衣。他刚刚还十分饥饿，都快要哭起来了，可是一靠到盛满冰水的圆桶就渐渐变的懂事听话了。

一些旅店的门关闭了，贴上封条。醒目的字体下有人画上了一位弹吉他的老人。他的猫蹲在人行道上，尾巴翘起来，指向北方。那里一条江水浩浩荡荡的流出这座城市。甚至这一广阔的南方丘陵。在春天，成群的牲畜从土地上踏过，山崩地裂，面目全非。这也只是为了期待一朵向日葵的生长。待到成熟的时期，它们会洪水似的漫过那密集的脚印和粪便。

人们总是兴建起黑白相隔的房子，可不知谁敢进去居住。

曲曲折折的灯光暗示着一次快要结束的解说，经过了最后一扇古老的门，仅有的一位游客便吵着要离开。他们回不到三百年前了，身上的包袱实在太重，这里凝重的花香取名“陶醉”，新来的人都要双手祭拜。开放的第一朵花早已被连根拔起，供奉在一个青铜器中。但人们下山的时候，却从一道古老的溪流中发现残破的几片花瓣。

古老的花园里，废墟从倾倒的墙壁间释放进一只硕大的野鸡。它稳健的双足足以超过一匹衰弱的老马。整座山顶光秃秃的，只有它们扬起的尘土。

混乱的季节，昨天和今天，也忽然有了时差，在这些日子中，只能饮用残花浸泡过的茶水，最大的奢望是从中捞出一顶黑色的帽子。不独自去攀爬那数不清的台阶，有十九个洞口的拱桥，或是在山中的洞穴里避雨，这些都会让我错过和你在古亭下道别的时刻。

在长满野草的河岸边，白色的风梳洗好自己的胡须。它登上一条帆船，在明亮的早晨里，告别河道中间突出的青绿色石头，鱼儿纷纷吓的四处逃走，水面颤抖着，它们的食物也不安分了。陷阱在漩涡的周围散开。晚上，一只蜘蛛悬在青草地上，等待着捕获月亮。

宁静的夜，好似一场正在进行的埋葬。偷偷的挖出一个土坑，温热的泥土气息扑鼻而来。树根捆绑着一条绿蛇，它狠狠地睁开眼，仿佛是望向了星空。被虫咬坏的树叶偶尔飘落，它便幸运的能在这样的遮掩下遁走。没有了一棵大树的庇护，一条虫它也会无家可归。崭新的墓碑竖起来，深深的扎进因恐惧而引发痉挛的树根。

日后，待它结出了金黄金黄的苹果时，连瘦小的老鼠都成群的前来偷抢。

它们是那么轻巧，每走一步，稻草便害怕的咯噔一下。偶尔，熟睡中的蜗牛还会被踩到，它们一直可以满载而归。在一个鼠洞里通常能消化掉一整个苹果，而且没半点残留，而当它们都吃饱时，便会出来惊吓到那些还在独自觅食的野兔。

在一片灌木丛中，它们寻找着彼此的洞口，它们要把雨水引进去，或是燃起烟火，将附近的杂草烧个精光。只有在冬雪一般的土地上，它们才无处藏身。

这一片旷野，将重新栽出茂盛的树林，疏通被淤泥堵塞的河流。只有咕咚咕咚的流水声还是那样吓人。

野兔通红的眼睛，渐渐远去，一身顺滑的绒毛也在这朦胧的夜雨里弥漫着。常常在第二天，与它们为伴的我们揉揉眼睛，却又不知掉进去了什么。

不时的回忆起这梦的片段时，我会像往常那样跑到门外去。观望着一动不动的远山，冬天，寒冷都从它那传来。邻居喊着我的名字，问我要不要一同去砍柴。正在改变的时令令我们都变的忙碌起来。一次次往返于山林中，都不觉得丝毫疲惫，反倒是在中午片刻间的遐想里，连骨头都虚弱不堪。

冬天，我携带着行李，第一次出门，停留在两颗白杨树前。一场大雪才刚刚结束，总是有陌生人敲开我还不怎么熟悉的房门，对我的胆小和乖巧表示出惊讶，我知道，那是嘲笑。在最初相识的日子，还仍然算是友善的。只是后来我们都不断的搬迁，便如我所愿的再度疏远了。

仅仅过了一年之后，我甚至都不那么天真了。我终于有了一个准确无误且能称呼的名字。只是不那么顺口和出名，但比以往更受到关心。有了一件新的白衬衣，在照相馆里，至今仍能发现那一张相片，留着短发，嘴唇红红的。这是否预示着以后要长成现在这幅厚而笨拙的样子？

那也是我开始记录过去的时候。尽管过去意味着在中午时百无聊赖的走过同一条道路，在同一家书店里站上一两个小时，和很多人一起。我提心吊胆的防备着管理员，她们不停的在说话和大笑，然后冷冷的走到我们这些闲散的人面前，尝试着驱赶我们。有时，我会发出一声失望而遗憾的叹息声，把手中的书极不情愿而又得慎重的摆放到书架上，然后赶紧走出去。

好像我一走到这种地方，就会有人对我充满敌意。我打扰了他们的安宁，侵占了他们的位置，影响了他们的工作。于是在内心里不断滋生出恐惧和歉意时，我也会偶尔问妈妈要上十块钱，买一本那时觉得图文并茂的书。但就在我回家的公路上，就已懊悔，他们又把我骗了。那只是一些莫名其妙的有关雷神和女王的故事和杜撰的笑话。我甚至都不能讲给别人听。

天空真的是破裂而成了一小块，一小块的。在我还能找到一个宽阔的地方坐下来时，多么希望它能降落到身旁。行走和站立的土地，不再孕育出植物和粮食，而是一洼清水，向着不同的方向涌去。浑浊的泥浆，洗不掉的斑点，双脚被严密的裹住。辛苦的走一天，也不会扬起半点的灰尘。

人们都到大街上，好像只是为了辨识电线杆上的名字。我们生活在一个圆的十二个方位上，也准时准点的听着一个大钟敲响。我的胳膊和双腿一直害怕坚实的水泥地，每次快速的奔跑，都会紧张的起疹子。只能靠炙热的黄土来治愈，直到下一次复发，有时我浑身颤抖，眼泪在不停的打转，只好扶着一棵树或是蹲在墙角下喘息。此时，我期盼着真会有一阵风把我带走，可这里再没有任何一扇门可以躲藏的了。它们早已被鲜艳的花朵装扮成一位不再相识的外地人了，大多时候，我只能在门外花花绿绿的六边形地板上苦苦远望着。

在北方，好像从没有见过黑夜似的。只有走在积雪上才会感到若有若无的怯意。身前的一只黑狗已经是见过几次了，虽然是四处流浪，但仍会在凌晨五六点时出现在家门口。邻居们都不喜欢它那在火堆里烧过的样子。在难闻的杂草丛中，它和一群野猫躺在淤泥当中，几乎难以分清了。

阴沉的云层渐渐从它们身上褪去。一天中最温暖的时刻来临，它们却在搜寻新的栖息之地。一棵枯树裸露的根或是行人弯弯曲曲的腰。远处几户人家的院子里，咕咕的流水声吸引着它们。只有翻越一面红色的砖墙就可以舒舒服服的隐藏在无人知晓的煤炭里度过一个晚上了。夜里，等着主人一个个回来。它们噤若寒蝉，在明亮的月光下，听闻到步行的声音，好像是半夜里不时传出的呼噜。

后来一个小孩大胆的抱走了它们中的一只，他喜欢它的可爱、淘气。给它洗掉了污垢之后，还给它起名为“圆圆”。等到它渐渐习惯有人经常抱起它，陪他一起四处乱窜时，便忘记了自己过去的同类。这一直是件值得庆贺的好事，除了它误吃了一只从树上掉落的熟透的梨后，便再没见过那个穿着脏脏的短袖喜欢不停发笑的小男孩了。

圆圆消失了，从邻居的口中再没有听说过别的消息。它很快就会被摔落在一棵大树上，身体变的僵硬。它张开嘴，不敢相信落叶就像恶心的虫子如此轻易的就爬进了自己的体内。它们一同腐烂着，骨头开始松懈。很难看出，春天里温和的气候，适宜孕育的时机，就是这样诞生的。

再次看到一群受到惊吓的野猫野狗时，如果天气晴朗，没有起风，我就像是刚刚从湿润的土壤里生长出来。看着它们仍能继续互相撕咬，交配。在遍布寄生虫的砖墙下，只有它们是活着的。至少，深夜里我一个人回家时，它们能十分安静的跟在你身后，捡拾你遗漏的长长的影子。直到你打开一扇铁门，轻轻走进去，当钥匙从锁孔里拔出时，它们仍会在很久之后才离去。酒醉之人常与它们交谈，它们温顺无比。

它们不曾像某些人一样，会想过怜悯一下自己，只因为结局都一样，无法延迟死掉的时间。

在它们眼中，是否每天都是厚厚的积雪，等待着消融？抑或是冰凉的暴风雨，要摧毁那破旧的房屋。年幼的孩子中间，总会有一两个身材矮小的喜欢在夜间的大门旁驻足。白天，他不怎么梳洗就匆匆的走到大路上。从他犹豫不定的眼睛里，不知是该望向凝固和静止的天空，还是因饥饿而颤抖的双手。

这个天真的小男孩一次与我相遇时，竟然能叫出我的名字。他看起来那么瘦弱，像我许多侄子中的一个。但说起话来，会轻轻的直视着你。他的头总是会偏向右侧的肩膀，眼角轻微抽慉，他每说一句话，都像是在吐露一个秘密那样谨慎，仿佛是在试探我。他说起他的家庭，他的爸爸和妈妈们的工作。本是相隔很远，但是恰好昨天就都回来了一次。他说起我的名声，好像我真有那么出名一样。最后，他说：你是一个诚实的人。这才静悄悄的站在那里了，我完全摸不着头脑，不知该如何结束这奇妙的谈话。

万般无奈之下，我只好拍拍他那倾斜的肩膀。直把他当做我一个后辈，允许他可以随时来我家玩。我想起了我的年龄，十五岁，而他最多九岁。

离别总是充满着恐吓和威胁，它是最固执的人的残忍。

灰色的月亮四处漂浮，一个红色的身影却面露极大的悲伤，在道路中间缓慢的走着，就快要泪如雨下了。他双手紧紧攥在一起，愤恨的锤向那虚无的午夜半空。脚步左右晃荡着，内心里却如在等候赎罪时一般煎熬。巨大的痛苦，让他脸色苍白，趁还没有晕倒，他只好就地而坐。即使是离开一座非亲非故的城市，他也会为了不能久居于此而惋惜不已。

昏昏欲睡之中，他仿佛已走完了大部分的旅程，只等着下一站就启程返回。身心疲惫一直掩盖了自由的喜悦，甚至一开始思念眼前闪现的众多人影，他就如坐针毡。在等待，就是一种罪孽。他抛弃了还令他恋恋不舍的人，而只是在寻找一间要倒塌的房子，奇形怪状的石头，或是更多风尘仆仆散发出令人作呕气息的人流。他对自己外出旅行所做的解释就是一场为了出卖身体而进行的粉饰。毕竟，在很远很远的地方里，真的没有要容纳他的一块土地了。

此刻，他担心会被抢劫，偷盗或是受到伤害。哪怕任何一个小孩手中的水果刀都让他害怕，鲜血会从手指尖轻易流出。他迈出去的步伐，好像在躲避着随时都会坍塌的道路。地震，冰雹，海啸，轮番在噩梦里上演。当他毅然离开时，就意味着无法再在这些自然灾害中获得拯救。

他要返回的那座城市，渺小而宁静，他喜欢它清淡的夜晚和早晨。他的家人也都一直居住在这里。四五年间，他从未到过外地。只有一个下午，他在邻近的一个城市里做了一场手术。他从车上摔下来，胳膊摔断了。那二三个小时里，是他最疼痛和弱小的时刻。躺在医院里，他看见很多人都能在自己的体内随意挥动着斧头，一棵棵古老而珍贵的树木被砍倒。他开始咒骂起素不相识的人，医生还有年轻的护士。直到口干舌燥的他被一阵强烈的灯光惊吓的说不出话。他解脱了，终于可以再用胳膊去拥抱自己的妻子孩子了。最后医生还要他多住几天院，但只有他知道，自己是多么想回去。即使不需要任何药物，他也会恢复的很好。

他匆匆的起身，直到踏进家门，放下行李。当他想大声感慨的说出还是这里好时，却发现身旁只有自己一人。他多么想别人能够聆听到他的呐喊，他在病床上短暂的挣扎。而眼前，却尽是棕黄色的墙壁，更像是倾洒了医院里的某种液体。他的身体就曾在那里浸泡过，一小时前，他还庆幸自己能够安然无恙的逃脱出来，如今看来是错了。

每次伤口愈合后，他都变的斤斤计较，生怕自己会亏欠别人什么。他们也可能随时都会前来索要。他会提前回家，饭吃的很少，平日里沉默寡言。他尽量不再制造意外，但内心里满是委屈。于是在某个午夜，没有任何征兆的，他醒来时发现自己躺在大街上的一把椅子上。

终于，有一次机会成为一个真正的孩子了。这样的冒险之举是以前从未想过的，但现在就轻而易举的实现了。他忘记了以前二十多年里被灌输的强制性命令，顺利的成为了半途中的“逃兵”，让“战争”属于早睡早起的人吧。他该被从任何一个花名册上遗漏。然后扔到像现在这样的一个冰凉、肮脏的地方，但他非常喜欢这一个结局。

曾经所遭受到的伤痛，令他渐渐清醒。手术刀从皮肤上划过，医生伸出一双宽大的手掌，无声的房间里，他在心底评判着过去的生活。不公平的待遇一一涌现，恰如此刻麻醉药强大的效果。如果痛感已经遍布全身，为何他连喊叫一声的权利都没有？

从荒芜的原野上活了下来，碰撞使得他仰面朝天，他的魂魄却还在蓝色的走廊里游荡。打开绿色的房门，他只一瞥就听闻到了很多新奇的故事。病人们都在薄雾中断断续续的倾诉着：坑坑洼洼的巷子里，一个婴儿在一间破旧的楼房里诞生。母女们都开始哭泣，很少有年轻男子出现的院子，只有四五十岁且不断咳嗽的一位司机，这些景象却使他忽然的为自己高兴了些。在狭窄的手术室里，他看着医生脸颊上渗出的汗水，一个护士，漫不经心的传递着各种刀子，他紧紧盯着其中一把，期望能看见自己的血迹，或是骨头的一点碎片。从头顶上射下来的灯光，他依稀看见自己的倒影逐渐安详起来了，不再颤抖。他宁愿自己是一只待宰的牛羊，既没有对过去的怀念，也不用怀着对下一刻的恐惧，只期望一阵乱七八糟的匆忙过后，当他睁开沉重的双眼，就像是在整个下午被迫听完了一首令人厌烦的进行曲后那样又可以轻松自在了。在那明亮的足以容纳好几百人的演奏厅里，他成为了衣服最黑的一个人。

可是直到最后，还是陌生的病人治愈了他。他真的伤的很轻，甚至和正常人没什么两样。他相信了那偶然遇到的还需要人搀扶才能行走的人们，如果医院还能存在一丝欢乐的微笑时，就只有在他们略显尴尬的脸颊上发现了。同时，当他仔细辨认其中的某个人时，他迫切希望自己也拥有那一副模样。

一个小时，两个小时，他渴望嘈杂的声音，窗外的太阳照射着整面灰白的水泥墙。凌乱的屋顶像自己沉睡的病床。他不得已只好一次次回到同一位医生面前，看着他是如何的诊治其他的病人。如何的告诫他们饮食和睡觉，“别做那些荒唐可笑的梦了”，这一声响亮的巴掌，瞬间让他大笑起来。

在那潮湿的椅子上，他睁开眼，自己在回家的路上，一会儿佝偻着腰，一会儿又急促的呼吸着。数不尽的楼梯，难以打开的锁，怎么呼喊都没人应答。在阳台上，那盆仙人掌被踢翻在地上，盆都碎了，在散落的碎片间，红色的陶瓷深深扎进他的身体，他的血液、他的眼睛果然还是要遗留在那。

这笑话从第一个字里涌现出来后，就间隔了太长时间，而如今，在这个晚上突然决堤。他的脑海里充斥着泛滥的告白，那是他夏天决定的，那时，他无所畏惧。紧接而来的半夜里，他看见自己独坐在江边，孤独的身影掩盖了许多人抬头仰视的满月。

这已不是他第一次禁不住想大声发笑的冲动了。他的忧郁看起来欺骗了那些落泪的人们。为他，连陌生人都静静的沉默着。往常，人们只会更加欣喜的围观这样一个可怜的神经病。在马路上，在车厢，在剧院的厅堂，他的左右电闪雷鸣，洪水朝他滚滚而来。

这就是令他发笑的佐证，在众人的拥护下，他还佩戴了鲜艳的红花。

三天或是五天之后，他反复思量着这一场闹剧该怎样收场，决定以后不该再在大庭广众下露面了，不去马路上招摇，不到广场上行骗，他宁愿在黑暗的时刻走到一片树荫下，好好的扮作一个散步的人。

对于一个晚归的人来说，这已是足够了。他连打开门都十分困难，有时候真想砍掉这一双笨拙的双手。

笑话这个词对他来说，常常又代指一个人，自己那被替换了的身份，让他永远不能变的正经起来，他挺不起腰也不会让眼睛平稳的向前看。他一直躁动着，话也说不清楚，像一只拴在树干上的猴子。

有一天，他路过自己的倒影，一个人时，那是多么的庄严肃穆，周围再没有凌乱的脚步。他立志做一棵树，随着季节一起荣枯，但不为那些只拥有着飞翔姿态的黄蜂掉落一片叶子。厚实的土地不断向上侵蚀着，他也不断萎缩，在日光的照射下，他收拾好自己的影子，深藏在粗糙破旧的树皮里。那密密麻麻的缝隙，黑黄色的液体像分割了头颅的兵刃一样，从树顶一直流淌到脚下。

身体，就是如此被淋透了的。观望的时刻里，反射出病态的幽光。皮肤再不会变得清晰、明快，只会在春风一次次吹来沙尘时，将一处处发黄的血块凝结了进去。

白天里，我经常与他相见。他清醒的比我都要早，他第一次的发声，像一只被困的野兽，对于同住的我来说，无异于一场灾祸。但这一切都被他简简单单的糊弄了过去，感到可笑的反而是我了。犹如在大街上竖起一面镜子，你对着那里面的人指指点点。

一只脚踏入进去，另一只脚却还在行走，在镜子的两边，你苦苦挣扎，唯一的出路就在你身上，在脚踝处有一个微小的洞口，贯穿了整个身体。

因而你的脚下，一直遗漏着什么。日后当你能一一捡拾起来时，连缀成道路中央的一条白色的舞带，那才是你真正的身份象征。

有一番聚会，发生在山底下居住的人的家里。那里吹起一阵旋风，像蓝色的古城墙一般，镌刻出早已远去的人的名字。如此漆黑的夜，好似一条从没见过的路，不再相逢的人在那里致以最后的问候。

一时间所有的门都打开，星光闪烁，从急促的犬吠声中，全部家当都要转移的消息不胫而走。这座山村忽然如城市的街道一般繁华，人来人往，到处是无助而悲愤的眼神。凄凉而凝重的气息甚至可以从狗窝里闻到，灯光通明，这里成为一场大雨弥漫之后所形成的湖泊。转眼间，人们就在深水里开始互相拍打，从上游到下游，大水淹没了多少隐秘逃生的通道。人畜早已绝望，青蛙反倒觉得畅快，一入夜，就四处可以听到它们集体出游的讯息。

冬天忽然席卷而来，逃难的时间又变的长了许多。人们的四肢都有些僵硬，整片山野都已是冰雪透明，像天边的微微发白的云层，也许这只是天快要亮的征兆。

也许这只是还能微笑的人露出的又一排排牙齿。

"嘭"的一声，冰块碎裂了，大地的脸颊也抽搐着。一位久病未愈的农夫叹了一口气，也不知是从哪间房屋传出来的，倒清晰的传遍了山村的每一个角落。他辛勤耕耘几十年的田地终于可以作为自己的埋葬之地。他缓慢揭下自己戴了一生的面具，望着白色的窗花上几片红色的树叶颤抖着。这是一年中最要小心翼翼的季节，稍一不慎，雨水会浸坏所有这样的窗花。倘若它们再被冰冻住，便更需要温热的炭火来烘烤了。

老人走出房间，面对着已不再是一个村落，一片山林，而是南下的候鸟们翅膀下的万丈沟壑。

故乡的雨来的没有防备，就像一位幸福的产妇。天空一片红色，更像是她那焦急的丈夫熬了通宵之后的眼睛。

本来，我应该沉浸在这清凉的夏夜中，但在远方聚集着成百上千人的广场里，友人们都在高高的台阶上安歇。不论是靠近一座港口，还是紧邻一片深山，我看他们的漂泊恰如这匆忙而降的雷雨天气，再不肯向我这里发出邀请。我之所在，蒙上了陈腐的黄土气息，容不得停留，容不得消遣。

夜晚的花儿也偶有盛开的，但都是黑白一般的色彩。我不断的加重笔墨，它们便浸在水里融化了，成为了一件劳作后的衣衫。用它擦掉额头上渗出的汗，然后再扔到门外。这一夜的辛苦便白费了。想着它怎样流逝，怎样成为明日脚下的泥土，便又难以睡着了。待会肯定还会有一个梦，我如何又一次次拼命的扒开泥浆，寻找丢失的眼珠。

植物的皮从身上剥落了，此种享受极像是沐浴一般，水蒸气在空屋子里飘荡着。为我搭建空中楼阁，中间曲曲折折一条小路所通向的园林，每一棵珍贵的树枝上都坐着一位十岁左右的孩童。他们正气定神闲的好像在聆听一段乐曲。从西北方向传来阵阵回响，让树木跟着它的节奏一起摇曳身姿。它好像永不停止，又好像一直重复着同一旋律。游客如我便开始熟睡，渐渐身体便不自主的散乱开来。骨骼分离，皮肉消失在雾气中，但我的意识却从未消失，目光仍能聚焦。在一棵树上，在一片草地里，在圆润的桃子里，我若想着抿一下嘴角，就感觉葡萄在口中滑动，眼前，好似有各式各样的景色，即便是在漆黑漆黑的夜里，也都能一一看全了，看透了，再没有半分遮掩隐藏。

于是，我没有向我熟悉又渴望见到的人那里走去。海平面开始移动，群山轰然巨响，它们常常鼓动我四处流浪。

而在我离开的地方，那潮湿的土地，窗外田野绝不属于这里，它是另一个国家，另一个民族中没有家的孩子的祖先的寄居之地。

没有名字的房屋不停的建造起来，人们像候鸟那样迁徙，像野兽那样奔跑。在凶险无比的水浪里，死伤往往一大片。它们尽数被抛弃在随后而来的暴风雨和群体的践踏之下，不声不响的成为了野草的美食。这些野草疯狂的生长，毫不留情的啃掉一棵棵古树，几天之间就可侵占一座庄园，在腐烂的破屋子里，它们能将柔弱的兔子吞噬干净，皮毛不剩。

这只是一天的序幕，阳光刚好照射到矮墙上。它像一位牧羊人那样，悠闲的挥舞着长鞭。从一片山谷缓缓漫步至另一片山谷。听不到山谷间石子的滚落，草蛇的窜动。

也许这位牧羊人的家就在附近，非常熟悉此地的气息。哪怕是凭空多出的一缕清香，他都能知晓是哪朵花又提前开放了。他甚至可以看见每天路过的鸟窝里有几只雏鸟还没有学会飞翔。如果此地忽然要爆发洪水之类的灾难，那便也是他的生命终结之时。

今天，远处的一大群貌似疯狂的麋鹿奔来，践踏了刚刚盛开的黄花。辉煌璀璨的油菜，他准备在秋天用来装饰房屋的花朵，就这样被毁于一瞬。他愤怒的冲出去，带着长鞭，他唯一的武器，已成为了碰触这片土地的神经。在一条道路中央站定，他的头顶，大雁成人字形缓缓飞过，又好像也在观望这一出戏呢。

可他什么都无法阻挡，他的长鞭挥动着，薄弱的心脏颤抖着，只不过是在漫天的尘埃中增加了一道阴影而已。数不尽的火红的眼睛穿过他，他快要燃烧起来。他从地上爬起来，又摔倒。一根树枝刚好掉落在身旁。上面还连着一片羽毛。这一刻安静极了，像深夜一般。刚刚的一场噩梦，让他出了满头的虚汗。

回到一个湖畔上，他坐下来，看着那水中闪闪的月光，一直等到天亮。他终于明白了那一片浑浊的影子到底是怎样消失的了，这怎么又不让他喜极而泣呢？

于是，他返回家中，已不是先前那般沮丧，但还是泪流满襟，步履蹒跚。这一晚的时间，可以令他的这片山谷在以后度过好几个富奢的年头。

在湖东北角的林子里，有一条小道通向另外一片湖泊，只有喜爱偷闻花香的鬼怪才会睁大雪白色的双眼守在要紧的树林间，那些夜晚里飘逸的香味从树皮里渗透出来，像一位仙子用足尖碰触水面，鬼怪们小心翼翼的收敛了自身的凶气。眼看着水纹缓缓四散，内心紧张而又满足，一会儿工夫，它们便像被收服了一样，乖乖的藏身于朦胧的雾气中。

这条路上的鬼怪与鲜花都在蛰伏着，出奇的祥和，绿草开始蘸着露水，准备着早晨时展示赤裸裸的肌肤，它诱惑那些没头没脑的虫子和蜜蜂，还有随意伸手的过路人，他们匆忙的脚步自是欣赏不到稍后的歌舞了，绿叶受到了蝴蝶们的惊吓，微风吹过，不知是哪只鸟的羽毛也飘然而至。它也一头撞在嫩嫩的尖头上，不异于敲响了轻柔的喇叭花的后背。它们相视而笑，互相挽起手来，伸展着触角，跳向最大的那片绿叶中央。

偶尔你也敢在那个不早不晚的时候，四处转悠，便能发现这个奇妙的所在，就像是步入一条干涸的河流时发现的一处破败的农舍，走过这间农舍，就是一个热闹的集市。在集市里，回头观看那顾客很少的一个地摊。有时也会痴痴的看上几分钟，摊主神情凝重的坐在那里，对生意好坏全然心不在焉。你若前去翻看人家的货物，都会有一阵怯意。直到黄昏后，千辛万苦的等他收拾了摊子，你恨不得一直跟着他走了去，不再回来。

此后，不管多远，多难的路，你都情愿紧跟其后。你想探听他到底是怎样卖货的，那些稀奇古怪的玩意儿又是怎样一件件消失的，也许他的行李里，真有你追逐一生都想要得到的宝贝呢。

可见偷盗是最好的了，遇见他时，你便能从那一刻他紧锁的双眉间看透他来去的方向，他包袱的轻重。等他因害怕遇见你的同类而变回一个寻常人时，你的追踪也就没有任何意义了。

若不是因为身体上的疾病，我也不会一直待在家中，然而每天都到很晚才睡。

可又是哪次会甘心就此睡去呢。

夜晚，是一种黑与白的声音同时响起的奏鸣曲。轻声漫步至一个巷口，下水道里的洞口流淌着自己渐渐变淡的心境，心脏就是一块破布，泛起污迹斑斑的泡沫。

不小心踩到几粒碎石子，那是无名的虫子们新建的家园，它们要在后半夜躲进去避雨，如今只好粘在脚底下了。一步一步的走着，打了几个寒颤，几时月光也这么冷了。对面的一堵墙上，它结下一大块冰，慢慢的靠近，用手摸着它，倒被里面的一双手紧紧握住。

我惊恐的想喊叫出来，刺耳的声音从远处晃动的人影间传来，咔嚓一下，人影便像水纹般散开，在墙上隐匿不见，只留下长长的衣袋，像伸出的手臂，苦苦哀求着，又引诱着。毕竟，这夜晚处处是难以辨别的陷阱，只要你稍微靠近一步那模糊的面孔，就可能错过明日的黎明。

然而黎明对于生病的人来说，也不是什么值得庆贺的时刻。它一直在黄色的窗帘外，在昏暗的云层间积聚着淅淅沥沥的秋雨。

窥视着太多落寞的人，难以骑行的自行车后永远坐着一个不知能和谁玩在一起的孩童。他陪伴一身黑色的老人度过一个又一个拾荒的白天。有时她也会把自己的蓝色头巾给小孩蒙上，仔仔细细的打一个结，大概是为了更加的遮阳些吧。

他们消失在偶然飞过的蜜蜂群中（这些是被蜂箱遗失的，它们停下来只为了道路两旁浑浊的雨水），一只十分可爱的小狗竖起耳朵，继续站在五颜六色的草丛里，一点都不着急，也全不在意他们的离去。倒是看见了一张白纸就不停的撕咬起来，紧接着便又翻滚到附近的水池中了。

只要守候着这片宁静的偏僻之地，明天也会有同样的身影出现，他们翻来拣去，直到有一天，他们发现那只小白狗也被橙色的大车运往更加遥远的城市。

一日的上半天里，总是疲惫而困乏，凭借树木馈赠的片刻阴凉，我终于一口气吃完了所有的药。来不及数清总数，便又不得不赶往下一家医院。幸亏这次探望的人我一点都不认识。

他穿着从未见过的蓝色衣服，大而白色的纽扣。身上仿佛是蜕了鱼鳞后的一片狼藉和褶皱。他呼吸时会紧紧抓住淡粉色的窗帘，而我只好跑出去透透气。

在漫长而昏暗的走廊里，我情愿不知道两三个小时意味着什么。我不认识他的家人，朋友，亲戚，甚至忘记了他的名字。为了不让我也无聊至极的抱着头蹲在地上，我便向楼上的一位产妇表示祝贺，双胞胎啊，这已惊动了这个小地方的所有人。欢呼声第一次掩盖了街道上传来的喇叭声和咳嗽声。

我很快洗掉了脸上的灰尘，在这家处处是尘埃与黄沙的医院里，数着步子跑到楼上去，那是我的邻居，一个朋友的阿姨，也是我一个老家的熟人。

比起等待，我更加着急的是想着如何让我的妈妈也知道这个消息。

偷偷的跑回家去，向着所有人喊着，这个地方真的有人生出了双胞胎了，你们快去瞧瞧。

在他们那有了很大年龄的笑容间，我终于明白自己就是一个稍微懂事一点的小孩子。每天晚上只是把在外面的玩耍给他们讲讲而已。

历经漂泊从南方而来的客人终于找到一座可以居住的空房子。这干瘪的洞穴渐渐住满了播种者，日后这里经过精心培育，成为了儿童乐园的发源地，它向四处传播着大雨中的粉红色种子。它们依附在快要倒塌的墙壁上，融化进泥泞的道路中，即将成长为整片森林。而在肥沃的土地上，北方的平原地带，也演化为一些小兔子们生长的家园。在冬末初春时节，它们在田野上奔跑，能够为那些早起的人带去一年的幸运。

这里不像任何其它地方，能随时借给你一片土地，这里新的主人在山底下才刚刚开始传宗接代。他的祖先早已在南方安眠，不会知晓这里发生的变化。

同自己的兄弟结拜，在两山之间，年纪最大的人站在一处平台上，感到十分欣慰。他的兴奋令同族的人备受影响，于是每年冬季，那一个月的第二十七天，他们燃起熊熊大火，不论多少遍喊着各自的名字，他都觉得不够，他也有了自己的族人，这是以前从不敢想的荣耀。

久远的仪式，让陌生的观者昏昏欲睡。他们偶尔看见火的窜动，也惊讶一番，但转而便在梦境中启程，赶往另外的城市，处处是招牌与指示，上面写着几个大字：禁止放火。

想着想着，便觉得这种脱离躯体的旅行真是活受罪。

十岁的孩童和他的奶奶生气了，于是狠狠的甩开了门，向着郊外走去。清早，他穿越层层雾气，寻找昨日玩耍后温和的沙滩。这一片枯草乱石还靠近一个垃圾场，无数白色的旗帜像是一顶顶帽子，在山丘上寻找着旧时的主人。烧焦了的塑料，难闻的气味，像是太阳的尾巴，在落暮时分，掉落着灰尘。这些都不能阻止他越来越愤怒，此刻他的眼里一座山倒塌，掩埋了一切。

他把水掺进黏黏的沙子里，泪水也在心里融化。这个上午，他就坐在那儿等着过去的伙伴陆续前来。这一日仿佛和其它日子没什么两样，只是有人生病了。他原想着过去看望那个小孩子呢，但却在回家的路上完全忘记了。只在晚上的时候，又气愤愤的想起了。可是那个时候，一切都晚了，他的叔叔回来了，斥责了他一番，还差点打了他，他被关在房间里，一步也不让出去。

我已习惯了在晚上烧毁一些信件和日记，点起火来，便觉得“倏”的一声，我自己便在那星星之火所凝聚成的雕像旁跳跃着。

没什么事发生时，我便跑到大街上画出电线杆的影子和破旧的土墙。几只随意站定的小鸟给我提醒着太阳光亮的方向。一些学生四处闲逛，邻家的小孩骑着自行车。两天后，他妈妈却和别人大吵一架，不久就搬走了。

半夜，不会有人发现窗外星光闪闪，那么，我扔掉火柴头时也同样无声无息，蜷缩在门口，望着银白色的水龙头，我的脸面肯定是漆黑一片，水珠从额头懒懒涌下，大门外，更多的人踩着同样的节奏。

听久了，便觉得他们不会走进我的院子了，我一把抓住最后一滴水，起身，回到床上。

在一张褶皱的很厉害的废纸上记录着当时的睡眠和堕落至花红酒绿的场所是同样的兴奋。我自靠在铁栏杆上，奋力支撑起越来越困倦的头颅，在风雨全部袭来的傍晚，真的是五六点便睁不开眼了。

从不记得任何约定和承诺，但只在此时，我忽然被自己忆起，而这种自省，常常令我感动至落泪。

一连串的名字闪现着，成为了打扰我安眠的烦躁的蚊子。它们堆积成一座黑色的山，足以令世人看透我隐藏于其中的行径。他们嘲笑着，鼓着掌，为我还能找到一片空地来伫立身躯而好奇。他们怀疑我在偷偷吃药，维持容貌的康复。

我和他们有同样的想法，后来，有些人莫名其妙的死去，好像是被我传染似的。人们纷纷远离我，一个一个的独居在自家的土地里。

在行走的大街上站立需要一种勇气，而当她坐下来时，行人都该为之停步。

从一个地方到另一个地方，好像是踩到别人的肩膀上，或是逃跑，或是旅行，若是大家都讲着同一个笑话，便也不觉得路途漫长寂寞无聊了。

舞者之所以脆弱，是因为她们只有一个支点，她们十分信任的将整个身躯交付给了黑暗中缥缈的空气。

第九章

我独自过着双面人的生活

——幸好我没有一个双胞胎弟弟，否则我毕生的秘密都将被揭露无遗。

在一间满是石头的作坊里，我工作了十几年，从这里诞生，从这里渐渐长大，一直都是抡着铁锤敲打不同的石头。在很长的日子之后，我也成为了其中之一。摆放在低矮的房间里，这一具雕塑，是我唯一的作品。

而离开了我之后，它便没有了别的主人。在别的空房子里，当它四处搬移时，更常常被碰撞和颠倒。

它到了街上，人们争相观摩，给它涂抹上不同的颜料，一两个悲伤的人还用它来擦拭泪水，当然，这些都是在暗中悄悄进行着。在白天，它的周围尽是鲜花，都是那些外来的旅游者们献上的，而在本地人看来，那是十分的可笑与荒唐。

在一条十分熟悉的道路上，一位患病的老妇人吃力的行走着。打从广场上第一扇门和窗户打开之际，她就好像一直在这附近转悠。她佝偻着背，嘴里又嘀咕着什么。在那些经常遇见她的人眼中，她就代表着他们在上午之前和傍晚之后所仅有的时间里唯一的记忆。除此之外，手中的钟表走的变慢，更悄无声息。

最终她坐在那些石头旁边，她俯下身子，捡起刚刚从石像上掉落的头巾，每捡起一块，她都会在阳光卜仔细端详一会儿，最后才安心放回自己随身携带的包袱里。她数着那些做工细腻的头巾，一、二、三……没完没了。渐渐的连她自己也忘了有多少了。于是她又会从头开始数起，反正她的包袱已经装的满满的了。接着，她把头巾整齐的叠在一起，在水池旁边，一会儿工夫，已经是厚厚的一沓了。她微微的露出了些许笑容，在阳光下，它们的影子一起蔓延到水池中的喷泉里去。

她的手是炙热的，胜过中午最毒辣的太阳。然而，这双手像是从温热的喷泉中伸出来一样，一下子就抚平了石像那些斑驳的裂痕。那些没有主人的头巾，一块块的飘至石像的头顶。在半空中，绣在它们之上的繁花在广场上绽放开来。傍晚来临之前，广场上衰败的场景，早已不复存在，一片干净而悄无声息，芳香四溢。

自从大雨开始降落之后，孤独的石像就少却了一些自己的身体，变的更加郁闷和憔悴了。

垂老的妇人终于可以坐在属于她自己的水池旁好好凝望着夕阳和晚霞弥漫在天空之下的那一大片屋顶了，就在离她不远的街道，从转角处好像有沉重的脚步声赶来。她知道，又是另外一个时刻要来临了。不再等同于白天的静谧，而是夜晚那令人印象深刻的躁动。从来都是回味无穷，只有很少的人能够通过短暂的屏住呼吸来避免，然而终究还是陶醉于其中，这才是盛大的聚会，而今，它的前兆已然来到。

老人稍微整理了自己发皱的衣服，又理了理发丝，在水中的倒影里最后一眼看见自己。

这一天是她数日来最心满意足的一天。她迈着缓缓的步伐离开，身后，久违的窗户又打开了许多，也偶尔会关闭上一两扇。这些她都全不在意，她只看到自己的衣服颤抖的很厉害，在逼迫自己加快脚步。一次又一次，她也是这样对自己说着，可是，从远处看去，她反而是四周奔跑的人流中最镇定的一位了。而且，她此次回家是朝着相反的方向。没过多久，她就闻到了一股咸咸的味道，热气腾腾的人潮都快要把自己给冲倒了。

她这样不小心就消失在了人们的眼睛之下，这个傍晚来的比较晚的人，也许其中有她的老朋友，还准备和她再一次畅聊呢。可是，就我们所知，他们已经永久的离开了此处，满怀着羞愧和病痛的身体。也许，几天之后，在另外的一个地方，她会以同样的模样出现。那时，她不会再去捡拾那些精美的头巾了，也许她只是去找到一个更适合靠近的水池。在这个水池上竖起一个牌子，上面写道：没有到五十岁以后，不能到这里看日出日落。

她走了之后，一群孩子渐渐在这里汇集。他们身着艳丽的服装，手捧鲜花，看来是要上演一场舞蹈了。在被涂满粉红色的石头上，他们站在一个矩形的框内。静静等待着音乐的响起。不，不是，应该是那巨大的钟声敲响了七下，随后，他们腰间所挂的铃铛像狂风一般，瞬间就横扫了整个街区。人们在那个下午，伸长着酸痛酸痛的脖子，不知不觉间成为了沙尘暴肆虐时最微不足道的一粒尘土。然而，放眼所及，不论从哪座楼宇，哪条河流看去，这些人像那不知疲倦的旅游者一样，永久的凝思着什么。也许，只是一堵古老而肮脏的砖墙，也许是一堆被烧毁的木头。人们保持着这个姿势，因为在他们的旁边及远处甚至另一个时间总是发生着足以令他们驻足观望的奇妙事件。这些时间的总和就是偶尔路过的老人的一声感慨，他活了八九十年，已不知经历了多少这样的场面，也许每次都稍有不同，但是今天，当他看到那些孩童脸上洋溢的色彩，他也心生羡慕。然而，这依然微不足道。对他而言，每走一步，就能碰见一个十分熟悉的人才是值得欢喜的事情，他要了解那些对自己打招呼的人，甚至他们的过往，他们那比自己短暂很多的成年经历。

到现在，这片广场出现的两位老人，都已经渐渐离我们而去。他们一个是去坐享宁静的时刻，另一位则是在同一段街道上继续徘徊。周围的人越来越少，纷纷过自己的节日去了。这是一个值得纪念的时刻，以后，在今天出生的人被认为是最幸运的一代。

如何才能从这里离开，如何才能不去留恋它，当初又怎么会对它一往情深。很多人就是一不小心坐在这里，然而就不再选择离开，但它不属于任何人。诚如即使是再亲切的客人也得放弃那份真挚的挽留，独自去开拓更大的土地。这或许是最好的广告标语。

脚尖感受着道路的转折，犹如在黑夜中跟踪一个修长的影子。回到家中，这种刺激就彻底消失了。我们希望被那陌生人带到更远的地方，哪怕是峡谷、深海都可以。这个夜晚，我们便成为了那广阔原野的一部分。一直在漫步攀登，身后的树木和野草都极为困惑，以为我们无法停止的躁动是因为没有了膝盖和脚踝。我们必须一直在步行，然后准备穿梭于各个郊区，和流浪的艺人们一起。晚上，住在他们的对面，一个同样破旧的迷宫、寺庙。还是在地下室，我们大多都没有胆量单独住进去，只好紧紧的挤在一起。其他人很快就能酣然入睡。而我的行李以及某些通行的证明、相册，都统统仍在外面。

从很远的地方，一片森林，潮湿的水覆盖大地，几条隐秘的通道指向黑夜中几颗明亮的星。天空一直在下着雨，走到这些路上，只会感觉身体是赤裸裸的，我们都需要再宽阔的眼睑才能容纳这一份不曾停止的追寻。

于是在浓雾中，问路或是成为了唯一的喧哗，浩浩荡荡的队伍，白色的灰尘，流水汹涌着，都试图掩盖着清晨和黄昏都在延长的行迹。我们的嬉笑怒骂渐渐沉寂下去，只有那一处城市中的空地越来越近，它朦朦胧胧的像是从昏睡中刚刚苏醒。

这有很多个瞬间组成的画面，像是一瓶水放在阳台上，不时的也会摇摆几下，不时的，水面颤抖的令人害怕。偶尔，我们虔诚的祈祷着它能凝固那么一小会儿。当楼顶的一片乌云向下飘落时，它刹那间的静止不亚于让一个运动员猝死。我们张大了嘴，看着他手中的球拍或是杠铃、标枪之类的以一个优美的弧线甩了出去。他的这种倏然离去让我们惊讶无比，此刻，阳台上的那瓶水却意外的安全了。

终有一日，人们聚集在广场上，用很大幅的黑白照片打出那位为国捐躯的运动员的风采，四周到处是飘扬的红色彩带。从十几个楼层全部垂下来，还以为是女人们在展示自己的衣裙呢。然而此刻，却是令人悲痛的。一个优秀的人，在青春时代就意外的死亡，这让年轻人感到危险，不光是比赛带来的压力，单就是手中握起早已熟悉的球拍望向空荡荡的球场，一种难以抑制的绝望也会由此而生。你的对手永远都是那么强大，你只不过看见了他在阳光下能现形的一个影子罢了。唯有真正的天才，才能挥洒自如，否则，便会像今天死去的那位一样，受人瞩目，却因而丧命。

人们跑到这里来聆听送葬的歌曲，这是唯一令人深感欣慰的事了。这些都是那个时代的经典之作，今天，为了以前不怎么出名死后却突然名声大噪的运动员竟然全部播放了，没有版权的限制。人们把四处可见的碟片偷偷藏起来，拿回家。而不再言语的他，俨然成为了这一个奇迹最好的见证者。

沉重的仪式，索然无味，当把那副令人敬重的身躯彻底掩埋之后，观众们开始鼓掌，好像也是为了掩盖这一事实。死者的家属都不见了，有些人开始疑惑，这到底是谁家孩子的葬礼?

我们最终没能在讣告上看的明白。人们聚集在这里，乃是因为此后他们将独孤了，所以当他们都赶来互相见面时，也定是安排了足够多的车子和房间吧，足以让他们四处游玩和通宵不眠。

总有一些人会首先尝试着忘记今天发生的事，这个早晨在他们心底里埋下的就只是受到近乎凌辱般的屈从。他们远道而来，就只是为了给别人鞠躬，身着黑色的礼服，神情肃穆，然而之前这里明明是要上演一部喜剧的，一个可笑的中年老男人的工作经历，他要数清楚一所房子里有多少台阶。只有数对了才有钱可拿，否则就得空手而归。因此，他要上上下下数好几次才敢确认，可最后，老板又嫌他速度太慢，还是把他辞退了。身无分文的他只好在一座桥上纵身一跃，结束了自己的生命。故事本该是这样的，而不是真的看到一个死人。

在极短的时间里，还小声啜泣的疯狂的人们，转而陶醉在酒精之中了，恢复了往日的欢声笑语。他们玩着没有规则的游戏，好多人喝到呕吐。这一葬礼结束时的庆祝，一直持续到很晚，而参加的人们都不想再有第二次了，等他们苏醒了，那已是过去了五六天。

即使还想再来一次，可是却无法再找到合适的人扮演那位逝者了。

好吧，这只是序幕，真正的故事才开始。为了能拥有一处靠着窗户的房间，我们脑海中首先看到的那个人——就是你要消耗掉白天所有的时间，就像四处旅游一样，在各个房间里穿梭，见识着那些穿灰色衣服的审查者是怎样给你灌输规则的。他们还会亲切的教你如何观察，一个杯子的弧度就会占据你整个热恋中的大脑。你不再相信自己，你想离开。汗液不断涌下，急促的心脏跳动为它们铺平了道路。一般情况下，你终日走过审查者的门窗时，双眼是要紧闭着的。

你要费更多时间才弥补对行程安排的失误。每一条走廊，每一条街道，都必须熟悉它的历史。最小的女儿拖着父亲的手要离开这了，这里的建筑惊慌失措的纷纷展现其婉约的身姿。

那几十只死去的蚊子沾满的灯罩就这样在偶尔的冷风里晃动着。窗外走过的人影患着很重的咳喘，从没好过，这个小区里的所有人都对他身上散发出的药味记忆犹新，比每天早晨的铃声和夜晚的狗叫声还要深切的多。他咳嗽的那几下，就表明了你度过的暗无天日的这几年。阴冷，潮湿，在他的背后，那些砖缝间，就是令人恶心的蟑螂和臭虫。你的椅子和桌子上，想想都是它们快速跑过的痕迹——多么有成为一个小偷的潜力。有时候，也还会看到它们身上裹着的旗帜和床单，都是白日里从众人手中传递过来的。

你自以为发现了它们的最终去向，便吓的半夜里睡不着觉。白天，走到人行道上，也是小心谨慎，不去仰望对面那条街上的红太阳。它的下面也是五颜六色的什么都有。你从不走近至其中的旗杆下，那里穿着漂亮制服的人是不能轻易靠近的。

常常就在你的眼皮底下，就有即刻发行的电影剧本在暗地里编写着，而在阳台上，它会随即自动播放出来。枪炮乱扫着，穿白色衣服的人到处行走，围成一圈，比起被严加拷问的间谍，他们的脸上更带有明显的痛苦。沉重的鞭子，它该明白了，这样一个住处有着数不清的密道和箱子，它搜寻不到任何机密。而在这最局促的土地上，青年人和老年人也在各自争抢着，企图互换容貌。

在一个死胡同里，在一滩浑水旁，我们的眼睛蒙上厚厚的灰尘。你会见到上面的景象在不停的重叠着，恰如冬日里身穿的棉袄，一件也不能丢弃。你每走一步，却觉得本该有的暖意已四散为清凉的风，唯一真切的是这些灰尘下还有红色的血液在流动。你的身体里原本就有一棵其他地方迁来的树种，正在渐渐长大。

墙头的乌鸦，湖畔的路径，都在渐渐期盼你哭一场，酣畅淋漓的。之后，你独自面对的春天就会来临。

你的身体就是一把钥匙，打开了所有的秘密。不论是随时带在身上，还是远远的放在精致的家中，你都可以告诉那些成长中的人本该去往的方向。那是一些完全超乎自己想象的历史，得靠科学家才能梳理清楚，他们面对着更多剑拔弩张的敌人，却只有通过扫描和勘测才能发现敌对者的兵器。

在他们的这个队伍中，只有一个人选择了向后倒退，虽然在白天，他也勇往直前，但在夜晚，他从自己的白帐篷里逃出。向相反的方向，在那些标记过的石头上，他尽情的奔跑。身上的包袱一件件掉落，新换的一套衣服光鲜亮丽。在过去熟悉的地方里，真实景象都是不堪入目的。譬如那浓重的鱼腥味，被风吹开了，也都粘连在他的裤脚上。早已凝结的白雾在胳膊上轻轻的滑动，正在试图打开一扇窗户。凌晨，灰蒙蒙的阴雨天气已是注定。在一阵婴儿的哭泣声里，他被唤醒了，暂停脚步，面对着一片枯黄的山崖，他发出巨大的吼叫。连一些岩石都反射出了白光。意识到了自己的迷醉之后，他便开始祈祷，并保证以后把自己栓到一棵古树上。他已经把它砍倒，做成了椅子。作为惩罚，他要在那把椅子上坐三个月。

但是，在夜晚这样自己处罚自己的人还是没有想到，他的世界依然每天都在重复，一旦到了白天，他竟又能装扮的神采奕奕了。

在镜子面前，他和我们常常背对着背走路。把名字倒过来念，朝不同的方向开始咒骂旁人。此刻，往往能伶牙俐齿，口若悬河。等到连我们也释怀了，再转过身来，便觉得那是自取其辱。

然则这还不够，还是得看到极度恶心的一排排发黄的牙齿和破裂的嘴唇才肯罢休。不是每个人都能有口腔医生那般的容忍度，因此，每走进一个房间，除了鲜血淋淋外，就是满地的碎玻璃渣子。那是前一时刻喧嚣的铁证。

可是不管怎样，只有他还能走出那扇门。一旦他倒退几步，那面心灵的镜子便会时刻闪现，尤其是在迎面而来的第一个陌生人身上，你近乎想杀了他。

他握紧着拳头，问自己：这是在犯罪么？

把自己隐藏在别人身上的人，只有罪犯和胆小鬼。

而我们认识的这些罪犯不是关在监狱里的倒霉蛋，这些小偷也不是成天被人追打的小混混。他们道貌岸然多了，他们身体的一半是副成年人的面貌。

至于另一半是什么，我们不得而知。也许那只是拾荒者和流浪者手上提的一件宝贝，从人群中捡回来的古董，完整的桌椅。这些本该是教给未成年人的知识和生存技能。他们肯定不知道古董是什么颜色的，有多高，安全的定义是要锁好门窗，不要左右摇晃身体，至于桌椅，则是最好的绘画工具。画者站起来的话视野有时太开阔，看不到粉红色花瓣上的墨汁是怎样倾斜流淌的。要完全的教会这些，我们又要错过多少个早晨和夜晚啊。我在这些时刻里，要处于绝对的孤独之中，这样一天的其他时间我才能感受到自己的存在，譬如说写文字时，即使是站着也可以。

在很长一段时间里，我的眼中只能容纳下一两页的文字，像是一首短小的童谣那样，且不能有太多难以辨别的人名和地名。每个清闲的日子，我就按照那两页纸上写的去扮演某个角色，去更换一件衣服。我幻想着能经常走过那一片金黄色落叶铺满的林荫大道，如果可能的话，步行半个多小时就能到达郊外的某个大房子里。

这样的日子，后来都随着道路的毁坏而被迫终止。我甚至再也没见过那房子里的人，他们搬走了，到另一个省份。后来的传说更令我惊悚不已。生活，折磨了他们一家，并最终拆散了父母和子女。他们连自己的姓都不能延续下去，这是和我分开之前万万没想到的。那多年前还热闹的邻家人，永远在我心中凝结为谜了。

当我们在一起时，就只是一群无知而心存幻想的孩童。而经过这样的分开之后，我才觉得他们变的特别真实。以后我也想从身旁逃走，然后再在某一个早晨冲进房里，掀开被子，看看自己熟睡的姿态。或是在午夜两点左右，狠狠的敲响玻璃。

我到陌生的城市里工作，然后尝试着抽烟，喝酒，甚至还想去夜店转悠一圈。同陌生人说着不知羞耻的话语，但在白天，又变的谨慎无比。而在有一天，我忽然发现自己的双脚不在原来的位置了，心跳也令我有些后仰。每走一步，我都要摔倒，每说一个字，都会咬到舌头。耳朵撕扯着脸颊，不知要往哪个方向转移。还好，那只是耳朵，不是嘴唇，我只需一杯足够冰凉的水就能满足它。

最后，躺在一间宽敞的房子里（不再是病房），一切噪音都戛然而止。不会再有人打扰你，逼你做事，也不会听到窗外的一些争吵，涉及点点滴滴的隐私。有时，从窗户向下看成群的汽车和人，一根黑色的电线摇摇欲坠，昏睡的小鸟，或许感到不能随时喝到水的煎熬，以及还是有治疗恐高的广告写在玻璃上。

手中这些绿色的书里同样的页码，二十一或是二十三，都是那么无所谓有没有。

它在手中溜走要好几个星期，而且没有丝毫解释的可能。二十五页之后，这些书便都如行云流水般互相交织着，所谓的故事和侦探小说都统统变的支离破碎。你要在一无所知的山林中来回穿梭，看不清路过的树木，连一朵野花的名字都叫不出，最后，你会来到一座荒芜的寺庙，或是几个供人隐居的洞穴。也许，你得以下山的路就刻在那些严重破损的墙壁上（如果你觉得那是墙壁的话，实际上那可能只是一块旧衣服，一杯冰凉的茶水泼在塑像后的印记）。这一天短暂的闲暇里，你收获很少。在这个房间规定的时间里又得再闭上眼睛。土地一直在迁移，植物的根在脚下缠绕。你偶尔受伤的手指冒出血迹，沿着四肢阴影最深的地方一直往下流淌。也许，在梦境中的山崖顶端，身体不停的蜿蜒盘旋，虽然看似要直上云端，但在半空中又急速下滑，宛若一片暴风雨中的秋叶。咔嚓一声，你掉落至谷底，算是终于摆脱困境了。随便折断一根树枝，用它撑着。你便风尘仆仆的返回到热闹的集市中。好久你才发现在人们眼中，你只是一个肮脏不堪的流浪汉和乞讨者。

你开始想着如何消除身上的伤痕。那是一种常见的症状，也是一份令人作恶的契约。

当又读过了五十页或是一百页之后，一些签订的协议开始过期。你得到一个教训，或许以后都该用页码数来代替这些繁琐之事。比如说：第十页，共进晚餐；四十页，最后一次拜访；而九十页，是该纪念剩下的时刻了，等终于有一天到了两百页，要先买到足够多的酒和炒菜。谁说这不该去庆祝一番呢，感谢我们那午夜之后清闲的所有时刻吧，它们称的上是另一个母亲孕育我们的一晚。

对我而言已是很久了，还没有到达重点章节。而对面的你可能才开始留心这些文字。不，它更像蚂蚁在一个白色的圈子里爬过的痕迹。在一所处处是蓝色的学校里（蓝色的操场，蓝色的跑道，蓝色的教室和蓝色的领带），早晨六点多，我们被很远的一声哨响震昏了头脑，谁都不知道它是怎样穿越三四个街区进入我们十几个人同住的一间房子的。而在前一天晚上，我们还因为害怕被那些打架的街头混混们误伤而睡的很早。总之，当我们气喘吁吁的跑到集合地点时，却找不到自己的队伍了。因为个子矮小的原因，我被迫站在了第一排，不知后面都是些什么人。反正，那一次我的后背好像拨了洗脸水一样，在冬日的早晨里，凝结成结实的冰块，我只要轻轻移动，它便发出咔嚓的声音。当队伍终于解散时，八点钟，我感觉阳光已是中午那般热烈了。

就是这样的时刻，那位连手指关节都发出蓝色响声的老师在地上画了一个白圈，他指着里面的一只蚂蚁说道：它再也不敢乱跑了，它将被困在这里。

我们都蹲下去，静静地观看着。在当时的这种把戏比刚才在红旗下讲话的人都让我们心存敬畏。隐隐约约的记忆里，这位老师挺着大肚子，留着胡子，个子很高，但他的手指像是触摸到了黑暗中的某条神秘的光线，要不怎么会中断蚂蚁的行动，而让它们变的像是早睡的精灵在那里辗转反侧呢？

后来，我们自己也会那样玩了。我们画出了更大更多的圈，将我们自己也包围了进去。久久的凝视着这些微弱的痕迹，我们意识到自己也不能出去了。在蚂蚁眼中，当它们不得不一次次撞上那悬崖峭壁时，我们都在它的旁边坐在一起，嚼着清脆的大白菜。

总共有两三年，我对食物没有口感，但一直处于饥饿之中。从下午到晚上，我翻遍了裤兜里也找不出多余的一块钱去买些馒头。虽然，那不是最窘迫的日子，但是总为不能吃够而发愁。有时，妈妈会让我随身携带着用辣椒和某种墨绿色的植物油炸好的一种蔬菜，满满的一罐子放在我的口袋里，以至于我的那件蓝色校服上经常是油迹斑斑。还时常会有一种奇怪的味道，后来每次走进汽车修理厂，都是同样令人呕吐的感觉。

就是在那样的背景下，蓝色的诅咒渐渐消隐。我不再觉得这里的日子是像在海洋里那样晕头转向了。一个要被开除的学生用足球砸烂了低年级学生的教室玻璃。于是他们蜂拥一般的跑到操场上和老师办公室里，哭喊声连成一片。而我的那位同学，终于面露惊恐，他的肩膀抖了抖，一高一低的走向校门外，再没有回来。那时候，我心目中一个崇高的身影就倒下了。老师们打开他们各自白色的门(这恐怕是这所学校里唯一怪异的地方)，红色的线编织出他们的名字和几朵像是在沼泽地才开的花。等到检查完每一块碎玻璃时，却也一筹莫展。他们甚至没向别人询问那个早已离校的同学究竟怎样了。从此之时，我便和他们不似先前那么亲近了。我决定以后不再认真学习了，在他们的课上，我时常感到困倦无比。他们没有捡起哪怕是一块真正的碎片，也没让我们去打扫。一个本来是愉悦、风和日丽的下午就在还没有长全牙齿留着短发的少年们的一阵骚乱和抱怨当中结束了，我也彻底打消了踢足球的念头，以后更是在这样的课外活动时间里，我只会安安稳稳的坐在我原来的位置上。心里想着哪怕所有的玻璃都碎了，我也懒的动一下。

我总是用最短的几个段落来概括哪怕是一个人的一生，譬如他若有着不知名的身体和灵魂的缺陷，并且伴随着永久，甚至超过了所有他的生活过的其他痕迹。在我的描写里，我和他相遇时，极为短暂，但幸好能看见了他生活中这近乎悲惨的一幕。他找不回无忧无虑的自己了，终日里在担忧和惶恐中度过。有时候我想，当他从笔下渐渐消失的时候，是他真正要自我消失了还是不再听从我的安排了，或者，是他真正的痊愈了？犹豫不决是我们的共性，但迟早有一天，我在那些街角上，那偏僻的小镇上，那荒凉的学校里，还是会找到那熟悉的眼神。他抿着嘴唇，迈开步子，静静摇头时的姿态，谁看到了都会很欣慰的。

有时候，我们之所以宽恕邪恶的事，不是因为我们能从伤害中恢复，而是因为它也寻求了救赎。很短的几秒钟之前，刚刚那个人只不过是输了一次赌博，他使用虚假的名字，谎报年龄，只是为了听起来像一个成熟的男人。他渴望成为其中之一，在那重要的十八岁还未来到之前，他就希冀自己能够彻底改头换面。他学着让舌头伸缩自如，厚着脸皮向别人求情。先是自称有一个破裂的家庭，然后又四处漂泊，他只为找到一处可以休憩的岛屿，让他完成所有成年人的蜕变。他不愿再一直是自己哥哥的小兄弟的模样了。他自从上一次在自家的祖坟面前跪拜过后，就决定独立生存。

所以，这一次离家出走的意外之举，是必须得这样做了。他的面目，他的良心让他不能再待下去。踏上艰难的旅途，让大部分时间都在白日里漂泊，没有停歇。当他坐在那些陌生的旅馆窗户前，非常不喜欢那时溜走的时光。他过的绝不是日记中写的那样的日子，而是在不断的篡改，甚至是不断的变遭。唯一的希望是能在一座石头房子前身体健康起来，脸色苍白的拜见过去的朋友。任何一个人的拥抱对那时的他来讲都无比亲切和珍贵。

向着不同的城市进发，他的目标是一位士兵的目标，或者是一支部队的目标。他要去作战，去跨越真正在战火中留存下来的大桥和江河。他给那些倒塌的屋顶和红砖墙抹上淡淡的蓝色（真的，他去过一家路边见到的花店，买了几朵鸢尾花，然后一支支的插在砖缝里）。随后，要花一个月的时间，他才能驱除心中这些建筑物留下的阴影。他不敢再直视密密麻麻的弹孔，每次经过，他都可以看到自己的战友透过那里观察着自己的一举一动，尤其是在后来一切都结束的“和平时期”，他返回家中，那些亡灵们终日高歌不断，号角声一次次吹响，却又被炮火湮没。他变的越来越胆小，再也受不了这样的折磨，他的嚎啕大哭常会惊醒四周的邻居。

最终，他被迫搬离到郊外去，一处偏僻的精神病医院里。临走时，他嚷嚷着，你们不该这样对待一个敢吹冲锋号的人。他说的都是真的，尽管他的技术不值一提，他的战友们都一去无回。

在所有的官方文件中，都找不到他的名字了，他是一位双面人，他的存在是我们其他人记忆的总和。他的姓可能是任何一个，名字中包含着各种笔画。总之，有一天，一群人开始商量着给他做墓碑的时候，却都对怎么写碑文表示一筹莫展。他们征询其他生还者的意见，比如我，而那时的我，正觉得这是一个可以稍微取笑一下的时刻，毕竟我们保持肃静了这么多年，也该找出一些乐趣了。我告诉他们，在二十年前的下午，他在战争后生病而亡，在那个具体的日期之后，你们要大大的刻上十几个感叹号，再以一个圆润的句号作为结尾，他一定会非常喜欢的，他也从来都不喜欢别人给他写长篇的悼词，而只喜欢玩弄奇形怪状的标点符号。那些人听完我的建议，都笑着走了，还以为我也跟着疯了呢。可我当时还想告诉他们，墓碑上的众多名字中，有你们父亲的，你们母亲的，你们子女的，还该有你们自己的名字。只可惜你们看不见。因为真正牺牲的是你们的眼睛，浑浊而发绿的眼睛，而不是那些年老无助的残躯。我们当年常常进行比试，在射击技术最高的人中，眼睛眯起来时，眼睑上能容得下一根针和一片树叶。有这样的人存在，我们对胜利算是成竹在胸。但如今，你们离开我时，让我浑身充满了恐惧，你们怎么能继续平安的活下去呢。

你们是我经常遇到的真正的鬼怪之一，因此，我们相遇时，我常常装作没有看见，反倒是让我常常怀念起那位蹩脚的冲锋号手了。

这一章最华丽的篇幅已经过去了。包括即将写好的文字，都会被隐藏在你们见到的那盏油灯的灯芯里，或是在一只死麻雀的翅膀下。冬天，你们不必费心的去寻找，在晚上下雪时，它自然会发出亮光的。若是夏天你想看到它，就必须静静的坐在房间门口，面对着你的院子，在这昆虫之夜会有比我的文字更惊奇的意外出现。每到此时，我便按捺不住自己激动的心情，只想看看此刻的那些田地，那些纷乱的杂草，那些山谷间幽僻的小道会是怎样的寂然。我穿好一件外衣，悄悄的走到大门口，站在古树根旁静静的沉思着，宛若后来在激昂的士兵中间时我依然不动声色的盯着眼前的旗帜，心中几乎所有的疑惑和好奇瞬间都一一得到了解答。

这就是我喜欢保持沉默的一个原因，好像我的眼睛里只有黑漆漆的雾色，没有即将要出现的一次次风雨。

在接下来的主题里，在我将要重新粉刷的墙壁上，写满了领袖的名字，画着九只猫，红色的汽车，以及很多关于性别的论述。每一个都是极有深意且又十分恰当的出现在此。它们的内容让假期变的神秘。那些主角们，不断的涉及到我们每一个人，不分老少年幼，自由并宣扬着时代的口号，有关旅游，被舍弃的好伙伴。最后，当我也成为了其中之一时，一个男子正在费力的推着一辆装满蔬菜的车子在叫卖，而旁边的一位妇女，她把手中的香烟和鲜花摆放的整整齐齐，连我这个从不抽烟的人也不得不买了一盒。至于鲜花，我情愿包装起来，邮寄到那荒芜的北方城镇之中。总有人会接受馈赠的，而同样，它在地图上的轨迹也将是我下一次远足的路途。

其中就有一日，我从一扇破旧的窗户下走过，里面传来振奋人心的演讲，告知着人们如何躲避随时会塌陷的道路。但在这异乡之中，这声音倒像是一位老妇人沙哑的诺诺之语。她累了，没吃午饭，还要准备清洗一大堆衣服。总之，等我听完那痛苦的预言后反而更乐观了。以前，我视她为一个神圣的人物，而如今，却是再平凡不过，再无聊不过了。

我想她的生活，配得上我的这种“赞誉”吧。

她就这样摧毁了或是替代了一整个世纪中人们的遮掩和坦白，那些罪行，那些虚假的生活，都被贴上了最古老文明的标签而四处兜售着。

所以，在嘴没有被缝上之前，该用废旧的铁窗围困住她的花园，要让她寸步不离。

如果虔诚，就会获得逃生的钥匙，哪怕是敌人赠送的。

如果她真的是散布了逃生的渠道，那么外面的一个小人儿会自己钻进去的。这天半夜三点多钟，我勉强醒着，只为给他取一个名字，这是一个崭新的人啊，这位天真的勇士，他刚生下来就和一位精明的老太太住在一起。

不久前，我还是医生房间里的患者。医生将针头摆放在我面前，声称要一个个扎进我的手指。这样，我就不会去赴每晚两点钟的约会了。天啊，他们不理解我在那个时候是完全正常的。而且，我前几天买回来的香烟还让我清醒了不少呢。那虽是一包女士牌香烟，然而却最适合我的身体了。一氧化碳低于十毫克，这就能把我从大半个月的迷糊中挽回呢。

那位刚出世的小人儿现在肯定睡了，日后，他要成为一名医生。我小心翼翼的走进他的房间，不久，他就会用手术刀啦，起码也会用水果刀切梨分给我们吃。他每翻一下身体，动一下手指，你们知道么，都像是要起来对我做手术一般，我都有点害怕了。他长大的真快啊，我还没来得及生一场大病。在把我抬到那张白色的手术桌前，我还有很多话要说，很多事要做。要叮嘱后辈们努力学好园艺，要把画毁的画作都扔掉。我正在被麻醉时，手指开始颤抖，有点抽筋了。它们相互接触一下，都要让我咬断自己的舌头，自从前半夜被拉出去打了一针之后，我便像站在刀山之上来面对眼前景象了。

他会是一个好的医生。如果我真要做手术的话，换一个肾，或者是拼接几根骨头，我会非常信任他的。当我不得不躺在那看起来比我还虚弱的病床上时，我向任何人祈祷过，祝你们永存善良之心。在常见的职业中，理发师，收银员，或是一个导游，你们的同行在我所居住的这个小区附近，有着几乎完美的口碑。我真希望自己也能成为你们当中的一员，而不是像扮演一位患者这样的，整日整夜的处于一种没有生气的隔离区中。

其实不用我再演下去了，我本来就是健康的。他既然已经出生，就自然也会有别的真实的患者前来就诊，也会有更加稀奇古怪的病等着他。他们会一起来守望着他，完成我们未尽的使命——让他成长。

如果我走了一天的路，还会记得他是谁么？一个以后可能对我的身体动刀子的人，还是早点忘记比较好。

当你不小心说了句：勇士，来和我跳支舞吧。这可能都会吓到他的，但没人会一直是个新生儿的，不管是十年还是二十年，他迟早会长成为一个真正的勇士的，我们这些人都等着他来拯救呢。

这凭空多出来的一个角色，的确占了不少的土地。要安排好他的位置，我得拔掉几棵树以及一些疯长的灌木，还得给他铺好一条一米宽的小路，可以直达我们作为患者时的公寓。而我们也一直在确认我们自己的门牌号，那到底是一串数字还是姓名的缩写？

总之，他的衣服是纯白的。但他的脸色及双手看起来像是打碎了辣椒瓶一样，满是污点，就连整天负责除草的园林管理员都比他干净。

到现在我们都非常熟悉他了，可是就在此时我们又要被召唤到另外一个地方去。和他拜别，和我们爱惜的床位拜别。今生我们第一次如此舒坦的躺在一张以前十分厌恶的病床上。临走的时候，只好抚平那些褶皱，把窗帘彻底拉开，是该让这间阴森而凄凉的屋子见一些阳光了。星星也意外的能穿透过来，照亮了我们每一个人。新来的一位护士，她的衣服像是刚刚刷过的墙面一样。但她仍然身姿绰约，苗条而健美。这是今天唯一让我们心情畅快的原因。他的新助手一定会让他从这种阴霾中走出来的。看她是那么开朗，而我们连讲笑话都是僵硬无比。

他从哪个地方来，我们从不知晓，更不甚关心。但在他离去时，他看起来英俊的很了。他说话也风趣了许多，虽然有时还是结结巴巴，像一个只有十八岁就被迫结婚的新郎。在第一次去见他未来的新娘时，甚至连自己的名字都说不准。那他会怎么样呢？我们也很好奇，也肆意猜测着。他肯定会说他骑马有多么好，但绝对不会做饭。他肯定会说自己曾杀过一头山羊，但绝不会缝补自己破了的衣服。他不认识眼前的每一个人，他的未婚妻，还有她的姐妹们，邻居们。在我们的回忆里，那天他好歹说对了自己的名字和年龄。是二十一岁，不再是十八，临走的时候有人一遍遍叮嘱着他。他们翻越了好几座深山，在蜿蜒曲折的山路里不停的低头前行。随后，他就徒然增加了三年的岁数，以后，他的身份证明里，也会如此。一个适宜结婚的数字，没想到会提前来到。他不用再给别人打两三年的短工了，他有了一个家庭，就会有自己的一片田地，能收获很多的玉米和荞麦，他的稻草堆里也能飞出成群的麻雀和乌鸦。

这一片富奢的景象让我们如痴如醉，如同他的未婚妻心里边一样。这位青涩的小男孩本来的生活会是多么丰富多彩啊，直到遇上我们，他成了一位医生，有了新的护士。可惜啊，之后有关他的生活就是一片空白了。他的家庭，婚姻和那被遗弃的田地，都被手术室里的灯光和病人的呻吟声所取代了。我们开始后悔这么早就离开他，迟走一步或许还能在他的人生里弥补上浓重的一笔，或者是干脆到他人生的终点时再来和他相遇，那样就可以知晓他一辈子的轨迹了，一辈子的殚精竭虑和心力交瘁。不管是别人的传说还是他自己的陈述，我们都会一览无遗的。他不能只在那几座山川里来回穿梭，靠着那瞬间增加三年的经历，他此后的三十年都会同样度过，却是永远没有长大，也不懂得外面的世界。

更可惜的是，如今我们要离开了，他才真正适应了一位医生的工作。是我们这样的病人帮助医生成为了一名合格的医生。他悉心的关照我们，让我们心存感激和愧疚。要是没了我们，他还会如此么？还会把安眠药随便拿给别人吗（我们骗他说那只是止痛药），但愿病人能像我们这样，在接受治疗前，先考察医生会不会削苹果。

为什么突然他成了一名医生呢？而不是别的职业，诸如火车售票员，桥梁工程师或是美声歌唱家。我们要认识一位医生了，这貌似是一个最大的喜讯。让我们放弃买票的便利，以及参加音乐会的自豪吧。也不用指着一座结构复杂吓人的铁桥说：那是我们的侄子，我的一位熟人设计的呢，怎么样，厉害吧。从来，我对别人忽然就变身为一名医生表示惊讶。好像总有一类人只出现在传闻里和报道里，能亲眼见到他的相貌，了解他的身高，鞋子多大码，什么发型等等，都是不可能实现的。如今出现了一位医生，医术精湛，尤其是他的双手，只轻轻的动几下，就可以挽救一个人的生命。他呼吸时的心跳，得益于另一个陌生人的魔术。这魔术可不是“随他去吧”和“碰碰运气”之类的，这是人的一种天赋，是唯一实实在在的人的证明。

当我离开他时，就已完全认可他了。同时，日后当这一股强烈的念想渐渐消退时，他也在人群的汹涌澎湃当中变的模糊。他成了另一个人，另一群人，我们可以每天碰到的一群人，他们当中有的是厨师，有的是司机，也有的和他一样。当我们想起他时，就走到大街上，走到那位忙碌却又微笑的人当中。他们做的都是同一类工作，而我们非常荣幸的是在其他地方也能和他相视一笑。

他热衷于自己的身份么？是的。

当他一旦迷恋上接近他的本质的东西时，就没人能阻止他了。五年，十年，二十年之后，我们将不再关注他，不闻不问。离开他时，我们便下定决心要返回到原来的日子当中。

每次透露和别人的亲戚关系时,都会让我紧张。你得掰手指头,算一算他的属相,他的年龄和星座。以前遇见过五十多岁的一个属牛的老人,四十多岁属鸡的妇人。看起来他们都很年长的,而我,二十几岁,只好说着很少的话。我端详着我们共处的房间,这里的安全性和友好性都要好好考虑清楚。若是梁柱倒塌了该往哪跑,若是又被某人认出了,该怎么打招呼,若是主人不欢迎我们的拜访又该怎么赶紧离去。总之,坐了一上午,在已对周围家具十分了解的情况下,我们觉得该起身告辞了。这会是一个好地方,对上了年纪的人来说已经是足够舒适了。

我们因而多了一次旅行的机会,在明天,即使早晨下雨也不会耽误。早晨的雨到了中午就是一双破旧而耐用的草鞋,古老的民谣永远鼓舞着我们不要胆怯,大步向前。

什么时候写出来的文字就该什么时候去读。如此,白天的大部分时间都将作废。因而此后的夜晚,我们相继出来走动,载歌载舞。这是一个只属于禁闭之人的时刻,像纪念日一般。我们燃起巨大的篝火,仿佛它能照亮那些紧闭的窗户。只在此刻,我们以礼相见,暂时避开平日里的粗鲁和愚钝。这两三个时辰里,我们近乎完全的富有教养,举止斯文。

而最具戏剧性的是天亮时我们朝四面散去,披上沉重的大衣,一小时前,我们拿它来御寒,一小时后,那就是诬陷别人偷窃的证据了。

五六点钟,我们路过了一片灰蒙蒙的建筑工地,那里浑浊的白色油漆随处可见,纵横交错的钢管编织出了一张红色的网,它们紧紧的固定在地基上，旁边的古树不断的向地心延伸出它们的根须。

当有警钟敲响时，地上的灰尘都紧张起来。它们列队，沿着木材搭建的楼梯向楼顶走去。整片红色的场地像是下了血雨一样，无数黑色的头发一根根扎进渐渐增多的泥浆中，从远看这里像一个村落，一片森林公园。再走近时，它就只是一堆不能再点燃的木柴，而刚刚建好的楼层突然又会先后倒塌，彻底成为诅咒的牺牲品。我说诅咒，是因为在有一次深夜，我突然打开窗户，然后看见对面的蓝色窗户里，有一个女子在坐着看书，旁边另一个女子看起来是要准备睡觉了。我那关于诅咒的预言就从这两位女子不经意的对话中得出：

“我们应该再坚强点，故意错过和每一个人的约会。”

“谁都不能让我们回心转意，更别说阻止我们做出更多荒唐的举动了，比如说：剪掉头发。”

“我们要住进深山里。

或是到另一个国家去流浪，去乞讨。”

“来，我给你的裸体粉刷上白漆吧。”

“还要烧光所有的衣服和头发。

将那些灰烬送到最恨我俩的人面前。”

“假设他们都是正常人，我俩是疯子。

住进精神病院去吧，再由我们来管理那群人，教他们跳舞，正常的使用刀子。”

“不过在我们做这些事的时候，首先应该让他们统统都失去家园，失去居住和躲藏的洞穴。”

等她们慢慢说完这些悄悄话之后，我觉得天都亮了。接近七八点种的时候，秋冬的寒气从脚底的穴道一直流窜到处于臆想状态的脑子里。太阳穴上有两面鲜红的画像，我照了照镜子，从背后赫然出现的竟然是那两个女子。

我想着应该是得打声招呼吧，可是那毛骨悚然的景象顿时让我哑口无言。我的背后像是长出了两只大耳朵，或是鹿和山羊的角，我更像一个牧羊者了，只需要一件灰白的衣衫，一根细长的鞭子，带上足够的食物，翻山越岭的日子便又一次展现在我的面前。上一次，我为了追逐一只迷途中的兔子差点跌进深谷里。同时，鼠类中的一种(可以烤着吃的)从我的脚底溜走，我把铁锹扔了过去，它便一命呜呼了。

此刻回想少年时的行径才能忘却这瞬时的惊恐。漫山遍野的羊群中总会出现几位老人，他们才是真正的牧羊者。黑色而破损的衣服像是在石油中浸泡过一样，污迹斑斑的帽子和手套，只有那双鞋看起来特别结实，是那个时候很难买到的军用大皮靴。对他们而言，一年四季都是要穿过冬的衣服，里里外外裹着好几层。用了很久的围巾，看起来就是一根绳子，常被用来绑住黑皮包，有时候还会打一个十字结。皮包的带子随时都可能断的，满是针线缝补过的痕迹。就是这样一副装束，在我那七八岁的小孩眼中，从远处怯怯的跟随着，觉得他们也是非常的威风凛凛。

然而总是过不了二三年，他们渐渐都不再出来赶着羊群走入深山了。在村子的一个偏僻的地方，他们终日不见踪影般的度过人生最后一段时光。只是有一天，当我们听说明天有他们其中之一的葬礼时，全家人就等着他们的子孙来我家磕头跪拜，这个时候哥哥往往会被请去帮忙。而我便在黑夜里跑到羊圈，望着那也在“熟睡”的羊群。想着和这些白色的宠儿曾经十分亲近的一个人就这样消失了，明天就要把他埋进那令人害怕的墓穴中。我也能体会到父亲那一句“可惜了”的感叹，他们认识已经有四五十年了，而我还从来都没有当面和他们说过话呢。那一晚上，我站在羊群之外，想想它们身上被鞭打或是吆喝过的痕迹，想想对面的山林中他和它们一起走过的秘密小路，明天或是别的时候，我也可能经过那里。一个老人逝去了，他应该有七八十岁了吧。在这样贫困落后的地方，真的是足够长寿了。他的子孙能勇敢的去给别人行跪拜之礼，明天的葬礼肯定也不会有什么差错吧。

可是第二天，我就生病了。那天发生的事情我都不知道，只听得见敲锣打鼓的声音，当然也有数不尽的哭嚎声，我不想也知道那场面的确会太让人害怕的。

在我们的记忆中，这样的老人会有几位？他可能从很远的地方而来。真是没有子女？没有亲戚？他一直游荡在村庄中的大道上，吓坏了所有出来玩耍的孩童。当这些小孩渐渐长大时，那位面相有些凶恶总是拿着烟斗的人也会夸赞他们几句，多么聪明，机灵的很呢，你比你爸还要厉害呢？他只会这样说，而没有像预料之中的会给他们讲一些稀奇古怪的故事。他的家乡，他的过去，都是一片空白，就连大人们都不知晓。

每一个这样的人出现，当你一旦开始关注他们时（而不像别的人那么忽略他），你就开始审视自己的家乡是怎样的一个地方了。

再后来当你回忆往事时，总会有一个“外人”十分耀眼。他让你站在家门口，让你站在一座山顶来重新构建家人、邻居以及整个村落的形象。他是另一种家乡的象征。你有时可以真的离开家乡，但是却无法避开这样一位非亲非故的人又把你带回去，让你一次次看到他是如何的过着一种妻离子散的生活，如何的寄人篱下，在惊恐中伪装笑容的样子。他甚至不敢碰触一位出生不久的婴儿那圆润的脸颊。

后来，在其它地方我们也会碰到同样的人，他们更多像是亲兄弟姐妹一般熟悉。当你从他们身旁一言不发的走过时，心里却也会慢慢的说：我们也曾十分知晓过彼此，我认识一个人，他或许就是你们远在他乡的兄长呢。当然，他们都是再陌生不过的人了，只不过每一次这样的情形都会让时光悄悄的向过去闪现一次，我的心也咯噔了一下，是复杂的情绪从装满水的杯子里溢出来一滴，又赶紧在太阳下蒸发掉。于是不知不觉中，我们以为又向前走了几步，实际上只是在原地徘徊着。等你回过神来，下意识的将手伸进手里，好像自己身上的什么东西掉了似的。

这如闪电般的瞬间，常常在风吹后不经意的回眸中和头发的飘动间消失的无影无踪。而最终，当它们一个个积攒起来，会在某一天爆发。那时，这股力量驱使着你疯狂的奔跑起来，然后再跌倒在任何一个地方，但这股疼痛，会让你深深的感动，泪如雨下。它会给你揭露一个真相，一个被拆解的支离破碎的真相。“你已离开了太久，从很多人身边，你可记得在哪里出生，并预见过自己最后的时刻……”

这种力量它会凝聚为一支画笔，将你之前的人生重新描摹一遍，那些颤颤抖抖的线条，那些灰色阴沉的颜色，你留着大片空白的地方，都需要你再一次的补遗。而一旦有了这样的经历，我们重返昔日熙熙攘攘的城市街道时，也就不再势单力薄了。

依然是在早晨，当我们信心满满的走到城市第一个路口，却稍一犹豫，不知道该选择哪个方向时，一脚下去像是踏进了柔软的沙滩，更有甚者，我们的脚尖都能碰触到冰凉透澈的水浪了。当你变的和以前不一样了，脱胎换骨了，世界便以一种游戏而又郑重的意外遭遇首先将你为难住。与你擦肩而过的很多人中，有一张严肃的面孔，也许，他就是审判者。他的凝视中已有了对你最后的裁决。为着你上午卑劣而隐秘的行径，这些人要在各个地方寻找你的气味。一家干洗店，附近的酒馆，或是公共厕所。他们猜测着你的路线，而后当你试着穿越过一座天桥时，那因焦急而发红的眼睛就紧紧盯上了你。

摆脱跟踪就像在海上捕鱼一样，你要先探测海水的温度。若是不小心你也掉进去了，起码知道自己的皮肤烫伤的程度。而在一个相反的季节里，若是还不改变船只前行的方向，就等着触礁而亡吧。

而后，若你胜利了，追捕你的人走进了死胡同。你则流浪到了南方的一大片公园里，那挂满了禁止捕猎标语的一棵古树，很多人在附近演讲，乐队的鼓声也随后响起，几个青年弹唱着劳动节的歌曲。这是一场没有开场白的演出，不过，已有一群人在利用这种节奏扭起了腰，跳起了舞，绝对的养老健身之舞。谁都可以学会，双脚前后交叉，变换，跟着音乐，然后轻轻的转身。一些年轻人也加入进来，还有几个十来岁的小孩，偶尔的白种外国人。你穿梭其中，感到自己也在变老，然后心还是很年轻。耳旁的噪音快让你发飙了，在这座公园里，你只是站在大门口稍向里边端详了一会儿便转身离去。此刻，歌声震天，人群舞动以及大片的竹林和花坛都在你的身后渐渐消逝。

就像刚来这座城市一样，你无处可去，也不敢乱走。沿着同一条路，你已经走了十几遍。每天都去那古老的鼓楼旁边坐上一会儿，而后原路返回。

漫长的旅行都是如此开始的，最多你能结识一位卖玉米的妇人，她和她十五岁的女儿一起在这里已经有三个月了。她们的玉米味道香甜，足以和童年时自己家里边的相比了。她的玉米很便宜，你常用来当做午饭，你说结识她是因为你每天都和她坐在同一个台阶上，其实你并没有鼓起勇气和她说过太多的话，而她，一直把你当做一个奇怪的人，就是那些初来乍到没有工作没有住处说不定还丢了钱包和身份证的外乡人呢。

你总是害怕被认出来，因此，一个星期之后，你便决计不再去了，仓皇而逃的你只好寻找另一个地方，广场，或是图书馆。等你终于找到了，你便要将那里每一块砖的划痕，每一根柱子的宽度都记下来，还有那里的几个逃生出口，无障碍坡道和厕所都必须深刻在脑海里。以后，当你想要告诉别人你的经历时，便可以脱口而出了。而这对于时刻准备着糊弄和诱惑来说，从来都是必须的。但更重要的是它会让你能清楚的辨别方位，你的身高是柱子的十分之一还是十五分之一，有时候会决定你走路的姿态和方向的正确与否，免得迷路和走失的好方法不是手上的那幅地图，而是一个合适的身高。

在任何城市，你都需要一块巨大的石头作为避难所。如果有人第一次尝试着在每个空房子都建造逃生通道，那么以后你要亲自为之添砖加瓦，然后不要随便让别人住进你的花园和走廊。光线被凝聚在透明的瓶子中，指引人们前来跪拜，而这完全是你的功劳。

在城市中心，人们肯定会为这样一个雕塑而感到震惊。里面甚至能隐隐约约看见楼梯和阳台。盆栽的植物，到处乱窜的宠物猫，孩子们喜爱的风铃以及在晚上大放异彩的灯光，像极了冬日里准备堆的雪人，只是它的五脏六腑都清清楚楚的展现在世人面前。它的每一次呼吸，播放出去的音乐，都鼓动着来来往往中忙碌的行人能跳起轻快的舞步，阳光在这里晶莹剔透，人们在那上面寻找自己的倒影。

我们的早晨要这样开始，傍晚要这样结束。提着盛满水果的篮子，用一件轻柔的衣衫包裹刚刚采摘到的葡萄和香蕉，而几千里之外，还有更多正在被运来。在节日前，已经有很多人庆祝过了，那些平常的日子，人们都会挑上几天来这里小聚。只有很少数的人例外，我们在酒吧的红色玻璃上找到了他们的名字：忙于法律文件的人和远征的士兵。

当我从这里路过时，会以为走错了街道，城市甚至国家。我会对身旁的人逐一审视，好像我们已属于不同的民族和血统（真该在大街上设立一个血统和肤色检查站，这样我们这些对自己的身世感到迷惑的人就便利多了）。虽然不管结果怎样，我们仍会继续向前。每多走一步，多过一次马路，在那十字路口上的红灯前等上几十秒，我们就又会清醒过来了。

每次在大街上行走一次，我就会自杀一次。这种情况从不会出现在梦中或是醉酒的时刻，以及其它觉得会绝望的时刻。每次出门时，我都紧张的连衣服都穿不好，甚至来不及洗澡。有太多的同伴和我擦肩而过，有时候我会和卖花的人一起跑掉，有时候又会和出来唱歌的人瞬间消失。但到底去哪了，我至今也叫不出名字，但我相信，我曾经看见过一片空地，那里正在搭建起宽敞的舞台。不过，我更想怎样才能参加我的那个葬礼呢，我只想看到自己墓碑的模样，那上面刻的字是不是如我的遗言中所写：他死于正要迈步的时刻。是自杀，并且从不怨恨岁月。他只是玩够了而已……我想，这样会不会有太多文字呢，而且它还缺少一幅画像的。因此，以后，当我再次在街头四处漫步时，就会想着这幅自画像该怎样起笔了。

如果这是夜晚，我肯定又难以入眠了。可恰好这只是下午，我又被自己那些没有条理的思绪整的晕头转向了，不知道怎样回到原来的住处，不知道怎样才能找到原来的邻居。于是，我只好坐在路边的椅子上。我想：我该拿起相机，给路过的行人都拍照，等回去了，再画下来，最后，我想才能画出我的那幅吧。

从一本淡绿色的书里，我意识到了自己并不高大，而且还缺乏锻炼，甚至一只鸟身上的肌肉都比我的发达。当它们从五十米高空的窗外向下掠过时，那滑翔过的痕迹曾经将我的眼球分开过。一边在欣喜的注视着秋雨的来临，一边又在怅然若失的远望着这座以收养流浪者出名的城市。不久前，我也是刚下火车，不久前，我也是刚拿到了一把钥匙，从一个房间搬到另一个房间，最重要的是，我可以独自掌握电灯的开关了，感谢这座城市，感谢这个深巷子里的小区。

某天，当你湿淋淋的走在街头，便好像有很多个幻影和你一起游荡。他们横冲直撞，永远也不知道要转向哪一个路口，除了偶尔会有一位被真正的汽车撞倒之后，他们才会稍微的收敛一下，抬头看下路牌和街道名字，那写满了东西南北的黄色标语一次次鼓动着你们原路返回。同时，旁白还有几个大字：它们虽然广阔，却并不属于你，快点逃吧。你只看到真实的人群在攒动着，向四面八方散开。这是怎样的恭顺和乖巧，难道已有人预先告知？难道已然发生了爆炸？

我想在还没有突然掉进下水道之前，每个地方都是安全的。我身旁的幻影则随着几只大鸟拍打了一下翅膀就纷纷掉进了水坑里去了。我望向天空，却并没有下过雨的痕迹。这周围聚集了太多的人，谁也伸不展手臂了。人们互相抱怨着，但却无可奈何，不断有人晕倒，小孩子们都开始哭在一起。他们的家长们此刻终于沉默了，但愿他们能意识到这些全都是自己的罪责。

今天，我又在大路上奔跑，却意外的引起了轰动，让每个人都处于包围之中。很多的时间过去了,他们仍没走过那一家自助商店。我想:如果大海的浪涛真卷了上来,将这些人都带走,该是多么大的善举啊。

我利用这拥挤的时刻开始在一面旌旗上构思一幅画了,那面旗上除了有一位遇难的女子遗容之外,底下,一双手捧着泪水和玉米,都在静悄悄的等候着生长。当我再也无法越过人群走到最前面时,只好看着他们之中有谁比这幅僵硬的容颜更先走进坟墓。他们每个人都屏气凝神的跨出着每一脚,异常小心。然而,我这才是放松了第一口气,因为这下他们谁也逃不了了,他们要被当作雕像那样永久的陈列在这个商店门口,成为后来建成的墓地入口的标识。而真正的死者却还在路上,她还有一处小小的风景要细细看完呢,她是我那幅图画的原型和灵感。

她会被怎样的纪念呢?二十年,五十年,她最大的心愿就是让墓地完好无损。她临终前说要让她的女儿长大后能找到一个可以提供庇护的家,不再像自己这样,成为了遇难者名单中的一位。她还一定要种上最美丽的花朵来迎接她自己那最富生命力的几年。

之后,便是永久的诀别了。因为突然一天,女儿也有了自己真正的一个家,她便遵照母亲的遗愿,再也不怎么出门了,更不会冒着危险四处充当勇士。

严冬的某个早晨,我穿着厚厚的衣服,五六点的时候竟然跑到大街上清扫那下了一整晚的大雪。这本就是异常诡异的时刻,我甚至都听到了路的尽头有一位婴儿还在学着拍手。一下,两下,全然无视身旁那紧张的保姆。我环顾四周,发现只有她睁开着明亮的眼睛,简短的丫丫学语仿佛是从隔壁的卧室里传来。她肯定看到过这些黑漆漆的房间,以为保姆又在和她玩捉迷藏,便开心的笑了。她的笑声在这样凛冽的天气里,给我留下了众多后遗症。比如面对群山时的眩晕和在积水中会一遍遍徒生寒意,不敢说话。

为什么,那么多人选择在大清早就躺进自己的墓地里呢?

当你不能保证带小孩子顺利的回家时,就不要带他们出去。

在社会中,每个人都该去尝试着当一次清洁工。我越来越意识到这份工作的重要之处了。这除了本职之外的另一份工作,时间往往是从夜晚开始的,但要比大部分白天的工作都有助于社会进步。

我把这样的文字刻下来,让它成为一种通告。粘贴在院子的入口,早晨孩子们上学就能看到它。女人们起床时也看见了它。中午,人们在树荫下乘凉也看见了它,可奇怪的是大家都保持着沉默。

除非有新的住户搬进来,否则很难相信这一则通告会有人遵守。曾经在那面斑驳破裂的墙面上,写下了多少红色的毛笔字,那些节日快乐、生活幸福以及夏天预防中暑九大妙招之类的标语,是我们小时候最先看懂的文字,那时,我们当中年纪最小的人还会被派去一家一家的祝贺,并送去精美的传单。等一栋楼跑完了,他清点了住户数,在所有二十户人中,有时候意外的会发现有那么两三户人家里有人在哭泣着,其他则是吵架,在最后的一家中,他敲了敲门,却发现开门的是一个只有十六七岁的小女孩,她嘴里叼着烟，手里拿一瓶酒。他想表明自己的身份，可是又没能说出口，他把自己的妹妹推向前去，可是没等她开口，对方就关了门，他们便只好讪讪的走下楼去，后来，当他们在学校遇见的时候，她还是穿着一身印有奇怪图案的衣服，那是一个邪恶的卡通人物，他盯着她看了好长时间，后来的某一次，在那些男生们中间，他常对别人说，在所有的动画形象里，他最喜欢的还是那个一直潜伏在水里的绿色怪物，它有着圆圆的脑袋，身材矮小，喜欢惊吓路过河岸边的小孩。但是它游泳的速度非常快，在水里，它的双腿十分有力，比电视上那些冠军还要厉害很多。

就这么一瞬间，我听着他的讲述都入迷了，刚才还只是我伙伴中最不被记得的人，现在忽然有了一个可爱的妹妹以及他们一个几乎完整的家庭。他新生的大脑里，不断填充着过去的记忆。他出生时的位置，他经常面对的方向，以及他对那些小怪物的迷恋，都成为我心中的珍藏。

一次又一次，沉重的睡眠，抑制了所有文字的继续演绎。它们被阻隔在一座城墙下，那逃窜的士兵们聚集的地方，同时不断有痛苦的呻吟和抽搐传来，要是再来一次暴风雨或是蝗虫的肆虐，他们非得全部阵亡不可，敌人此番用心是何其残忍。从我们因为困倦而把眼睛闭上的一刻起，就已经是在向死亡迈进了一大步。而这个故事若是一旦处于停滞状态，我的整个生命也照样会被禁锢。

疲惫的士兵们需要再次战斗。不论是来自城墙里面的敌人还是天上落下的灾难，而在他们身上，都只剩下还没流干的血液可以充当武器了。当然，不断的有人咬破舌头，或是割腕，或是自刎。有人也还在跳着最后一支鼓舞士气的舞蹈。他们把另一些兵器扛到肩膀上，摇摇晃晃的步伐在一层层激荡起的尘土中，向着他们的旌旗倒下。

这早已不是一场战斗了，墙头上的敌人们一脸肃穆，没有半点杀气。尽管手中握着钢刀，身着铠甲，但是没有了冲下去的勇气。他们的战友也曾如此走向死亡，也曾如此接受全军覆没的失败，当他们有一刻就要被屠戮时，一瞬间就把自己的身体放在了昔日策马奔腾过的荒漠和草原里，也许在那里他们就已经死了，如今只是来认领自己最后的尸身而已。他们都曾走向遥远的边境，都曾在刀林剑雨中保存着残躯，如今，大快人心的胜利就在眼前。而这一刻，才发现自己又把那些胳膊和断腿，那些受伤的右眼和少了中指的手掌全部弄丢了。

此刻，城墙底下又恢复安静了，只有沉睡的如同孩童一般的呼吸声。确认这里没有了蝗虫和排列整齐的暴风雨，守城的敌人们这才走下来，等彻底检查完方圆十里之后，便开始打扫地面，明天，这里又是一个热闹的集市。人们能在这里买到新鲜的蔬菜和好闻的佳酿。而这一夜，这唯一还瞧瞧渗透着死亡气息的整个晚上，紫罗兰神奇般的盛开在远处的山脚下。那个小小的崭新的村庄忽然被它们打扮的格外清香怡人，如今已是少有人能认出来那就是曾经的战场。而紫罗兰也算是新的牺牲者，用自己的身躯掩埋了那些“同伴的踪迹”。因而，凡是能到达那里的人，他的生命都将得到延长。迄今为止，我已经可以做到一闭上眼睛就能看见成群的紫罗兰临死前的惨状，年老的容颜迅速的爬上它们的枝头，那种令人极度眩晕的皱纹从黄土中一圈圈的衍生出来，这无可挑剔的形状，日后广为传播。它暗示着新的花语，紫罗兰，不再希冀永恒生长的美，而成了对死亡的一种极度渴求和保护。

也许，今天该被定位一个节日，一个可以燃烧紫罗兰用以庆祝的节日。人们应该在自家的院子里挑逗着那些好像还没有散了热的灰烬，让烟火的香气弥漫真正要下雨时积聚的乌云，但更为可惜的是之前他们敌对双方摧毁了大部分人家围墙下的篱笆，他们找不到可以起火的木柴了。

何况最小的孩子都还没找到足够新的衣服，人们怎么能就这样突然露面并举行仪式呢？

在更加遥远的异乡里，我遇见了一对旅行中的夫妇。他们说这里的天气很不习惯，它总是会在夜晚下雨，滴滴答答的一直到第二天凌晨。之后的一整天都是晴朗而温暖。我疑惑的问道，这不是很好么，这样你们就有足够的时间到外面欣赏雨后奇妙的景色了啊。可是他们却连连摇头，我们来自最南面的省份，之所以到这里来，就是要重逢那下雨的日子，白天，我们哪也不想去，这所有的景色我们都已见过太多了。可就是这一场场秋雨，让人渴望的厉害啊。年轻的时候，我们曾在这里居住一段时间，那绝对是人生当中最幸福的时光。如今，老了，又回到这里，一切都面目全非。只有不停打扰人清静的雨滴声还依旧响亮。以前，即使是在大白天，我们也会在雨中漫步，可现在，我们几乎难以体会到它浸润骨髓般的凉爽了。许是时间一长，它也变的稀疏和温和，我们也年迈无力了。

这是第一个暗示，好像后来我也发现了很多。不管怎样，这一次不该来这座城市的，当初像逃难一般选择了它。如今，如何度过在这里的日子也是徒生各种困难。“你将很重要的一件衣服遗失了，同时还包含一面镜子，一块给家人赠礼的玉手镯”。当我决定出去走走时，门口的算命老人这样多嘴道。而说起那副玉手镯，我却不是要送给家人的，是准备给这里的一个朋友的。由此可见，那老头子是信口胡说了，他最多是看见我行李的什么东西就随便猜测的吧，不过，我还是扔给了他可以买一瓶水的钱，转身离去。

在这里，我真正扮作一个过客，一个随时可以凭空消失的人。结识很少的人，和同屋的其他人不怎么说话。如果偶尔能找到一份工作，也不会特别积极。当我有空闲的坐在椅子上时，不论是画画还是看书，都要紧紧的锁上房门。

而当有人问及我的家乡在哪里，那里的风景和人们的生活时，我都会用谎言欺瞒过去，除了身份证是我的之外，其他的一切都是作假。现在想想这样的日子越来越少了，你的胸前总是有一个黄色的铭牌告诉别人你是谁，你做了多少年同样的事情，在我们这个行业里，人们都努力在自己的肩膀上绣出花来。

幸好大部分人都不怎么懂得逻辑，缺乏数学的才能。否则，我就害怕死了。有人只用了几个简单的数字就可以演算出你整个过去的经历和你内心的真正想法。尤其是当他用概率学和历史学来预料你今后的人生时，是否你就想立即撒腿而逃呢？这两个学科，足以毁掉你整个人生。

这些史学家，他说的越是在理，正确，便越是吓人，他俨然用一副反驳不了的架势来填满那就快让我反胃的面目，而我，一直在担心自己的那些谎言一旦被识破后，又肯定无半点还手之力时的窘境。事后，我站在十三楼望向中央大街，在这座几天前还陌生的高楼里，好像有一股神秘的力量要将我抛弃到窗外，眼看就要涌向人群中去了。我已经很想离开这这座城市了，在这里的奇怪举动，某些卑劣的行径，过去的逃亡，未来的追逐，都在一声令下就彻底粉碎了。你必须服从，一个哪怕是二十五岁不到的孩子一般的人，但他会教你以后怎么行走，什么时间就寝，重要的是，他会告诉你，在这里，资格是靠每年每月的积累得来的，很辛苦，不信你去参考下历史中那些叱咤风云的人。又是历史，我无言以对。

没有人知道我为什么这么多疑，可我就是多疑了，我不是一个名侦探之类的人，但是当我午休时，会对走近我的脚步感到惊恐，好像他的到来就是为了揭露我，批判我。

而我，却不知还能去哪了。离开此地，翻开地图，这印刷精美的一张纸，将伴随着车流不断的颠簸。我仔细辨认着，那曾经出现在脑海里的地名像雪花一样随意飘散在初秋阴雨的天空下，我转向一排排悄然远去的街道，两三个行人，他们的衣服貌似都是半湿的。这仅有的几个人，他们却像是失散多年的兄弟一样，既是认识，又生疏的很。他们各自走着，彼此分开。有一句没一句的说着什么，我多想上前，凑在他们耳边听个清楚，哪怕假装去问个路也好啊。这条街巷我从来没来过，我想知道它的名字。好不容易有一家住户的门打开了，出来一位四十多岁的妇人，但我哪敢走向前去，只好装着无所谓的清闲神态慢慢的从她身边走过。我努力抬头，想看清她家的门牌号，可就是怎么也找不到。旁边的墙壁上，因挂着太多的招牌，把一切有用的信息都遮住了。我只好放弃，但转身一看，这偌大的一条古街，又只剩下我一个人了。细细的回想一下，当然如此，今天是梦一般的日子。九月四号，这应该也是一个神话中兔妖修炼成仙的黄道吉日吧，这样的野史之中怎会有寻常人出现呢？他们肯定都是跑到最前面参加那个什么龙王庙会了吧。

我在这座城市里不会再待很久了，某一天，突然醒来就会是另外一个地方了。向北，向南，挑一处无人问津的地方，是的，我想回到过去，如果这些地方都能像二十年前那样落后的话（我不希冀它会是另一个朝代之类的），我自然会随遇而安了，不会挑剔旅馆的楼梯太高，灯光太刺眼，早晨也不会只喝一碗汤（像水一样清澈）。一旦我走的疲乏或是无聊了，便走到那惯于喝茶的人中间，他们和我一样清闲，但更会玩乐。在那些树荫下，不但有柳枝的味道，马粪和蚊子也是随处可见。小孩子们常在这里吃晚饭，饱了还可能就直接睡在地上，他们才不管被你看见呢，不管你是一个乞丐还是某个达官贵人，在他们眼里，你最像一个被妻子赶出去家门的倒霉蛋。

这些景象从来都是短暂的，尖锐的喇叭声会打断你的幻觉。它一直响个不停，总是在提示你：该离开了，带上你随手勾画的那破旧的图纸，里面的房子扭曲不堪，没有一棵树是从土地上生长出的。人和一只白鸟的翅膀一样大。不知是下水道的管子还是绿色的手指，鱼鳞一般的肌肤都密集在在画布上方，另一群人，伸开手指，欢呼着奔跑。

这幅画，却并不是我画的。它属于一位二十四岁的象棋玩家。他住在八楼，我跑上去时，花了和他画画一样多的时间。画不是很贵，就一顿饭钱，分别时，他还赠送我了一套地图，虽然很精美，但对我却不再有用了。没走几步，我就把它丢进了垃圾桶。

此后，我关于这座城市的记忆几乎再没多少了，甚至是"这座城市"四个字都从我的生活中消失。在我心中的地图里，这片广大的土地上像一座雨水之城，能种出香樟、杜鹃和月季。其实我也没仔细观察这些植物，它们虽然就在我周围的花园里生长的十分茂盛和鲜艳，但我却从没前去欣赏过。我的窗帘，不论白天还是晚上，都拉的严严实实。只有从很细小的缝隙里，我才只见过一些小孩的打闹。

听完了这些所有的笑话，我们整晚抱头痛哭。此时，坐在对面的人面容祥和，透着红晕。这是经过几千里路途的折磨之后，唯一一个不用再提心吊胆的晚上，趁着几分月光，我们尽力看清彼此最惬意的一瞬间。这个房间是安全的，不会响起刺耳的警报声。那曾经令人恐慌的哨子声也没有了，清冷的街道上，一个小男孩正撕心裂肺的哭喊声所引起的小小惊吓倒让我们都笑了起来。我走到窗前，隔着玻璃，刚好看见一对马戏团中的小丑们走了过去。难道是他们要在夜游了么，还是只是几个无家可归多的人四处流浪？

我们坐在二楼的房间里，是黑夜，而他们，大摇大摆的走在楼底下，倒像是白天。没有烟花，只有锣鼓，没有彩带优美的飘荡，而只是如弧月在云中穿梭，吸引着我们这一两个人。有一会儿，当我痴痴的回过头来，却发现只有我一个人了。这封闭昏暗的房间，只剩下我在默默的数着数。1、2、3、4、5、6、7……我用手指在窗台上敲了七下，便也转身往楼下走去。也许这是一场梦的终点，但就那样轻而易举又十分真实的发生了。

还是同样的晚上，我们发现过自己的脸颊上不断掉下来各式各样的颜色。忽然白天所经过的场景又重现了。那拿着苹果却还在流泪的小男孩，那水池里金黄色的鱼，那令人惊叹的大风筝等等，此时，我们低头在地上摸索着，漆黑一片，但还是可以看清那精美的贝壳，白色的星星，上下颤抖的音符以及一块华丽丽的绣着金佛的红绸缎。我们一下子就进入了由它们所组建的新家庭，一位漂亮的女厨师正在沏茶，而那个特别像我的男子则和一只猫在椅子上玩耍。

后来，当我渴了想喝一杯茶，或是饿了想走近厨房里，不论是怎样更换着行走的方式和角度都觉得十分别扭。于是，我只好将身子从蓝色的窗户探出去，向从雨水管走丢的猫一次次告别。以后，我还特地为它养了一盆花，好像是龙舌兰，又好像是鸢尾。但是，我从此再也不养同一种花了。它太需要精心培育了，而且还时常散发出催人睡眠的气息。

我隐约记得离开这所房子的时候，正好是八月，正好是又一段旅途的开始，我再没有回来过，也没有再见到那位“厨师”，更重要的是我脸上的伤口也渐渐愈合了。

有一种鸟若是它飞不动时，就会把羽毛也吞噬掉。这样一来其他生物就没法把它拔下来，插到自己的翅膀上了。在古老的俗语中，是这样称赞其伟大之处的：飞鸟选择掉进大海，尸骨无存，是为了防止野兽们占领天空。

然而我所站立的土地，从很远的一条道路上观看，人们破损的衣物和推倒的墙体堆积在一起。好像人们对那些高墙一直怀恨在心似的，总想烧掉它，打碎它。之前，匠人们细心的砌好，瞬间就成为了灰烬。这甚至是无耻的，只有内心偏执暴躁而愚笨的人才会首先想着去拆掉第一块砖头。

如果你跑遍了整个乡村和小镇就会发现，那里只是在重建，而你到城市里，便满眼都是建筑群浑然倒地所激起的灰尘。应该把这些人发配到偏远的荒漠里，那里土质松软，还方便他们掩埋“罪证”呢。

还是回到那只临终的英勇的小鸟吧。它快要死了，羽毛开始凋零，翅膀开始萎缩。它的身体越来越小了，并且不再颤抖了。最后，它发出一声凄惨的鸣叫声，仿佛把整个夜空也点亮了一下，然后在轻微的闪光过后，便一头栽入漆黑的波浪中。或许那并不是海水，它轻盈的身体说不定会被冷风吹到浩淼的宇宙中，那星光闪烁的银河或许是它最终的坟冢。而另一个传说是：夏天的鸟儿越是漂亮美丽，冬天的大雪就越是纯净温暖和滋润。

这是在昨天，当我搜刮着找一本关于死亡的回忆的书来看时，不小心从小时候写的一张纸条里读到的。那时候妈妈或是姐姐哥哥们讲的故事太过吓人了。我把那揉皱的纸条又拿在灯光下，可除了字和水迹之外，什么多余的发现也没有。

但那一刻，我知道了当我以后要出门旅行的时候。就要带上一位六七十岁的老人写的回忆录，而且封皮必须是蓝色的或是红色的。当我被这突如其来的念头惊醒的时候，它差点成为我以后出门时凭空增加的带有强迫症一般的习惯了。

但在后来我才明白过来，那些六七十岁还依然在写作的人虽然很多，可是谁都不情愿写自己的回忆录了。更多的人反而像一个个情色小说家那样写着让人遐想连篇的大段大段文字。这也活该国家把他们的书都禁止出版了。国家应该禁止每一个这样不会写作的人继续写作。

自从见识到那只鸟是怎样的“自尽”之后，我整个冬天都没有开心过。以前常在南方飘荡，几年里从没有再见过真正的冬雪。如今，又回到了北方，我守在窗前，心想着一旦醒来，睁开眼，外面一定会到处飞扬起久违的雪花，将整座山、整个城市都严严实实的罩住，不让人出去，也不让人再进来。当你刚在陌生的地方有了住处时，若第二天它就开始飘雪。那么，不要怀疑，这片陌生的土地上一定有什么在牵挂着你，在希望着你能永久停留。

若是有幸你再轻身漫步在软软的街道上，两旁的树木各自披上厚厚的衣裳，你本就不怎么能叫出它们的名字，现在就更不用觉得难堪了(是的,以前,面对不知名的花草植物,你觉得难堪过)。之后,你继续向前,走过那些小山,那些农贸市场,那些下水道。你的眼睛里不慎也掉入了一片雪花,六角形的水珠,轻轻的在你眼眶周围探寻,等你再回头看看这眼前的景物时,那些商店、旗杆以及形形色色的人,都像是被压缩了一般。再回想起以往自己的身材,顿觉这片明亮透澈的土地依然和自己不成比例。此处街道出奇的宽广,像是历史上给哪位皇帝出殡专用的一样,而房屋和男人女人又都出奇的矮小,俨然一副小人国的情形。

也许脚下已是另一个国家的土地了。你在国界间来回的审视着,一处是荒野,只有沙尘和杂草,另一处则是那么富有生机,只见人头攒动,占满了所有的道路。你就是悠然的在一座山峰上,看着这些人们如何的向更深的地下挖掘,或者在山体中凿出隧道。

有时候,当你凝望着这些辛劳的人们时,就会忘记最初来此地的目的。这大片晶莹如玉的冬雪,似乎并不总那么吸引你,好久之后,当你回过神来,却发现它们已在悄悄的融化了。也就四个钟头而已,它们的生命就此渐渐消逝着。从脚下的污泥中,从山涧的顽石下,偶尔也带动一两片残存的黄叶。总之,当你内心里急躁起来,觉得应该立马避开所有人迅速回到自己那仍然如深夜里漆黑般的屋子时,土地的这层衣裳慢慢滑下,没过一会儿就露出了它本来的面目。树木,天空和远山,你再次发现自己被包围着。在密不透风的人群中穿梭,宛如是在火炉中挣扎。最后,嘭的一声,不知是爆炸了还是突然摔倒在地板上,不过,庆幸的是你知道这只是梦的开始,是你的冬眠。这般黄金的时刻里,只有你的呼吸平缓,面颊也惹人喜爱。

你因身体莫名的滚烫而在这间屋子里来回踱步，走廊里的灯光从门缝里穿透进来，在你苦恨的双眼里，曾一度想到彻底的安息。诚如几天前楼上那位八十岁的老太太一样，当她临终时却依然容光焕发。没人见过她的子女，只有一个医生时常来看她，称她为“三姨”。他们无人问津的背后肯定有一个庞大的家族，完全可以住满这整栋楼了。当然这位在上个星期去世的老人，她的遗像早已被供奉起来，那是她风光正盛时拍的照片，如今也不知摆在了什么地方。谁家暗红色的柜子上会有这样一幅本该令人钦羡的黑白照片呢？我会这样想着，一直坐到天亮。你呢？

想到这些已是足够让人悲伤了，但在她去世之前的一个下午她还拄着拐杖走到你门前，偷偷的塞给你几个她刚买的苹果和梨。想想这是多么不可思议，她一定是预感到了自己的某个时刻来了，但却还忘不了给你送一些水果，也许是因为更早之前你曾帮她的几次小忙吧。但是住在这个院子里，甚至是这片小区的人，谁没有帮过她呢，谁不知道五层楼上有一位孤苦无依的老人呢，每周门房都会把大家捐给她的衣服和食物送到她手上，而这一件辉煌的善事是在绝对保密当中进行着。人们从不公开谈论，也不会告诉其他地方的人。而到下个礼拜，这个善举就满一年又三个月了。

也许，某种临终前的潜意识让她想到了自己也该送别人什么东西了。于是，她便巧合的敲响了你的门，看到一脸病态的虚弱的你，脸色还在泛白，连说话都没多少力气。那时，她的心里也该想到这是最后几次看到你们了，放下那些水果，她应该也知足了吧。

最后，她颤颤巍巍的一步步走上台阶，走上最高的五层楼，不用拐杖，也不用别人搀扶。

当她终于走进自己的屋子时，一个时代结束了。在她的记忆里，这个时代戛然而止，没有亲朋好友，没有历史名人，也没有普通人。有的只是从树上摘下来供人享用的苹果和梨，有的只是一个面容凄惨的青年。她把水果放在精美的桌布上，仔细的端详着，那细线绣出的牡丹花，一簇一簇的伸出了花瓣，一会儿便开满了整个屋子，墙壁上，地板上以及那双让人敬畏的双眸里。

这样的事情让你无法入睡，好像你欠了另一个世界许多眼泪和话语，你本该找一块石碑，刻上所有你想说的话，你的感激，你的怀念。而如今，每当睁开眼，四周的墙壁便开始响动。那是锤子很有节奏的在敲打，你的腹内开始疼痛，好像要涨裂了一般。难道真是一颗苹果树要从那里生长出来么？

一个令人心力交瘁的晚上过后，我又在家乡的沟渠间醒来。初秋已让那条小溪薄薄的结了一层冰，青草潜伏在地上，给出来觅食的羊群让路。我在一处山坳里躲避风寒，心里却一直遥望着南方的某座小镇。在我还从未涉世的时候，就知道会有那么一个地方，一年四季都可以供我肆意躺卧，寻花问柳。直到有一天，我的好朋友先去了，后来他的哥哥，他的妹妹也都去了。我便意识到很快也必将是我的时刻，我的脚步也要在他们身后开始探索出新的路途了。

而在我的背后，当然也有很多同路的人。我们已经知道的是：

一对中年夫妇，一位已然去世的老人，当然还有不声不响就已经先行的“你”，你已然病恹恹的。但通往彼岸的船只能容下这么多人么？我们又需问别人借到足够多足够漂亮的衣物。可惜你们都穿不到自己身上，你们就隐藏在我的行李中，我的后衣领上吧。只要你们愿意，也可以在我的肩膀上骑一匹马。毕竟，在别人眼中，我像是从巨人国回来的一位士兵。对，我们也要带上各自的武器和铠甲，我还要买一顶镶着红边插着羽毛的帽子。

而就在出发的前几天，我却在眼睛里清楚的看到了我的睫毛。它们被意外的放大了很多，一根根浮动在有一点浑浊的眼球上（但愿那真是眼球）。这是早晨，我抬头时，还以为那是傍晚的流星雨呢。在粗壮的枝干交错的森林里，我透过树叶间的缝隙望向昏黄的天空。一切生物都静悄悄的，好像在等待着什么。一场狩猎，或是一次迁徙？动物们接受来自星空的示意，从而选择下一个洞穴和领地。但不管我怎样轻揉我的眼睛，都找不到一只羚羊，一只大象。没有月亮、没有迷雾的深夜似乎了无生气，假若没有猎人经过，也一定无需惧怕，反而我的眼睛开始疼痛，于是，在一无所获的情况下，我低下头，远离了这片森林。

我在很多个地方间来回奔波，留给别人的却只是一个地址。我的朋友们给我捎来他们的讯息，那些图画里，有一个红红的脚印却没有躯干的人体，在一片沉睡中的森林里游荡，这样的景象总是能一次次吸引着我。我也似乎听到了瀑布降落，野兽奔腾的声响。

最后，我狠下心来，将那对奇怪的夫妇，那已经去世的老人，还有几个我不再想认识的人统统封锁在那片森林里。那里至少有足够多的土地和丛林供你们游戏和安眠。我也会召集更多的松树和麋鹿和你们同住。当我下一次从眼睛里再看见各位时，希望你们也能出现在那透明雪白的残月下，一起玩耍着。

而我，将带上“剩余的你”(那正在慢慢恢复健康并且突然很会认路的你)去那一个陌生的小镇，就在那一瞬间，当我这样决定了之后，再没有激动的四处宣扬。

当你残忍的割裂了你的愿望和思想，那么，这个世界便可以任你遨游了。它太小了，宛若你身上掉下来的碎片。

打开一间屋子，好像这件事是有多么容易。

在几个年代久远的街道里，来回穿梭，这明显需要很好的机遇，而且通常，我们找不到上山的那条路，那里，一座寺庙里，刚刚油漆过的大门还是紧紧关闭着。

有一次，我重返过去特别喜欢的一家餐厅，服务生已经不太熟悉了，只有老板还依旧神采奕奕。幸运的是他还认得我，还是在他那狭窄的只容得下一个位子的二楼走道里，我点了几个新出的菜和茶点。以前会主动找我聊天的那位服务生已经不在了，他年轻的样子就像是刚出生没多久，当我问起老板时，他不无哀伤的说起他那位最得意的雇员，仍是露出一些怀念：他早已不在这了，你知道，很多客人都喜欢他。而他也是非常的友善，开朗，很能改变店里的气氛。他和你，也特别像亲兄弟那般投缘，自从你有一段时间不来了，他也没多久就辞职了。现在我也不知道他在哪，据说是去北方学医去了。虽然，他走了很长时间，但是我们还是很想念他，尤其是他帮着我们度过了那些最困难的时期，可是幸好，今天，你又来了，我就觉得他也会来的。他说了这些，我本想多问几句的，可他即刻就去忙他的生意了。同时，我很疑惑的是，无论你走到哪里都会有人说你和另外一个特别像亲兄弟，这让我一次次非常难堪，几乎到忍无可忍了，我真正的兄弟还在几千里之外呢。

倘若老板天生没有当喜剧演员的天赋我也就不会如此思虑重重了。而当我也参与其中时，却处于被"嘲讽"的行列。所以，我又把老板叫了过来，对他说，当然，你猜的很准，每一个喜剧演员都能像你这样就好了。我们不但是亲兄弟，还在同一片屋檐下生活了很久，我知道他从前所有的行径。从早晨到晚上，从吃饭到生病，我们都在一起。但是你无法猜透的是，至今我仍不知道他的名字。在我们那奇怪的家庭里，我的名字也往往不为人所知。我的和他的名字或是其他人的名字，都分不清楚的。他是我们当中年纪最小，然而个性最软弱的人。因此，有一天，当他离家而走时，只能先到这里来当服务生。他端盘子，擦桌子，给别人上菜，冲厕所，并且要露出一脸微笑，就是为了配合你们这些喜剧演员。而我，从认出他的那天起，就依然不想放过他，我要把他带回家去，我让他给我倒茶，给我讲述你们店里的事情，讲述这座我早已熟悉的城市，这些街道都通往什么地方，反正不管我问什么，他都得不动声色的回答我。不得不说，我们配合的还不错，你们谁也没发现什么异常。不过，或许是他也意识到了我真正的目的吧，上一次，当我那个时候因为别的事情不得不离开一段时间他就赶紧逃走了，他肯定去了另一个更加隐秘的地方。毕竟,他越来越了解这个世界了,城市,道路,交通工具还有海洋。

所以,老板,这些你清楚了吧。为什么今天我又来了,我又来寻找他了,是想恢复我们之前的那种关系,可惜他不在了,说不定真是去学医了。但是,我不知道他学医能有什么好处,他去配药?给别人打针?在身体上做无用的按摩?我才不信学医对他有什么帮助。也许,不久,他还会回到你们这里,继续之前的工作。他根本不适合到外面去生活,以前,我们都在自家的房子待得太久了,不会适合你们过的日子的。他和我很像,但是我们有一个不同点就是,倘若我们走到街上,我常会给别人制造麻烦,恐吓那些游客。而他,则会和一些街头表演者远走他乡,最后寄一副残躯回来。我们家中的那些人很害怕这样的事情发生,因此,倘若日后你有什么消息了,就一定要告诉我,或者你要转告他,让最好赶紧返回该去的地方。

在一排排废弃的房子前,我们曾猜想如果向里面不断的扔石头,会有什么东西跑出来。那些蝙蝠、燕子、乌鸦毒蛇还是乞丐?

还有偷东西的小男孩,捡瓶子的老人。

还有我那双胞胎的小兄弟。

因此,在山底下我曾不止一次的返回一片废旧的洞穴,我的祖父们曾在这里住过,还有我的父亲,兄长。如今,还有一个比我年幼比我更加胆小的小兄弟住在这里。他隐藏在茂密的野草后面,蹲下身来咬破了嘴唇,几滴樱桃般的血迹在青草上滚动起来,一下子就泄露了他的踪迹。在阳光晴朗的日子里，在这个宽敞的院子中间，他常常来回奔跑。在墙头间不停的跳跃，还会哼唱着从没人听过的陌生歌曲。当我这样想着他会如何玩耍时，背后总是有一阵寒意袭来。尽管是在夏天，但我依然感到冰冷刺骨。目光越过长势良好的梨树，以及几棵桃树，我还能隐隐约约看见那位几乎和我一样偷惯了果园的少年。就在离我们住处不远的一个果园里，他不停的享受着提前到来的秋天的收获。他还是在四处观察，免的被人发现。他躲在一棵杏树的顶端，可惜我不能去和他说上几句话，我想告诉他守护果园的那个老人还在睡觉，他的狗也被拴的牢牢的，可惜我不敢走近他，我对杏花过敏。一碰到哪怕一点的杏花的气息，我就会浑身不舒服。

而我的小兄弟，就我所忆起的过去，你都一直在那座旧院子里独自玩耍，也从没有变的更加勇敢和敏捷。而我则因为站在了太远的地方而不能和你一起。我们之间有几片土地，都被种上了高大的向日葵。在冬天，它还会升腾起绵绵不绝的烟雾。我们就在黄色和绿色的沙漠里一起度过这被人忽视的整个童年。整个白日里，每家每户的烟囱上都冒着青烟，即便是在此时，偶尔我也会从饭桌上悄悄离开，来到长满光秃秃杏树的沟渠里，寻找着一群小孩子们的足迹，他们会在天气好的时候来这里烤玉米吃。运气再好些的时候，还能在依然没融化的雪堆上发现兔子的痕迹，那些乖巧的爪印。当然，树干上的老鹰也早已发现了我们。它紧盯着我，好像那些都是我踩出的一样，直到它打了一声哈欠，我才知道它对我完全没有恶意。或许那只是它的一种警告，因为它很快又向我这边飞了过来，挥动起翅膀足以引发一次雪崩。我抬起头，用尽最后的力气，望着这片沟渠的顶端。当阴天里一只硕大的飞禽向你袭来，那表明你身材矮小，比不上一只麻雀甚至老鼠的某一个同类。

在我面前，有整个村庄，整座城镇。他们一直在大摆筵席，载歌载舞，只有几位老人才会偶尔静静享受人生最后的那许多年。但在我的眼睛里，总有一个那样弱小而胆怯的身影在不停的翻山越岭。从一处坡地攀登至另一个顶峰。有一个很庞大的运送粮食的队伍会走在最前面，他会跟着这些人的足迹在后面前行。他认识他们，喜欢和他们在一起，他必须让别人知道，他就在他们身后不远处，随时都能赶上来。他要在他们狂欢的时候站在旁边，欣赏或是休息。他在当别人和我一起跳舞时躲藏起来，只在我孤身一人时才开始讲述他那些没人会感兴趣的探险历程。他亲自看到了我们路过的溪流是怎样的流淌，那些小路是怎样的蜿蜒和崎岖。有几块怎样奇异的石头从山顶滚落，有几片黄叶沿着青草尖飘落至沟壑底部。更不用说当他不小心大喊了一句之后，整个山峦上洞穴中的大鸟都出来为他鸣叫喝彩。它们在彩虹之中给他带来早晨的食物，在大雨之中给他送上羽毛做的衣服，他早已觉得自己不站在坚实的土地上了，而是可以在天上地下任何一个地方和鸟一样飞翔，和鱼一样潜水，和牵牛花一起借助着雨水拍打的力量生长，和闪电一起潜入别人的双眼。

某天，他说，当你认真地凝神冥想自己的每一个瞬间，你也会和我一样了。那种情况，我早已给你预料过了。我们会是亲兄弟，会是好邻居，当你望向湖面时，我替你回望背后的柳枝，当你从窗外走过时，我替你的影子轻抚印象中的窗帘和温顺的小草。

如果这都没有吓到你，那么，我们一同去饮酒和庆祝吧，我们会是同一类人的。

一个世纪终结，差不多就是毁伴随一位诗人的死亡或是他的纪念日的到来。而当这里的每一页都画上句号时，则只是遗失的家具名单上新增加的一把椅子，一件床单，一套陶瓷茶具。新年之夜的游行，人们点燃一堆稻草，将上衣也统统扔了进去。人们都围在一起，妇女牵着孩子的手，开始转圈，男子们则负责将火烧的更旺。一些夹杂着人名的歌曲不断响起，每个人都是自己唱自己的。在火团里，那些孩童们的名字一次次被喊出来。所有的母亲都热切盼望真有一个人能从那里走出来，那就是自己子女成年后最辉煌的时刻。

在这样黑黢黢的节日里，只有很少的人会待在家里。站在自己屋子的窗台处，默然望向火光背后那透着红晕的整个村庄以及那不胜疲倦而又无处可去的山野密林。这一个人静静的站在一年当中最热闹的时刻，整个人像是缓缓的从夜空中降落。他的身上蔓延着残月所有的光辉，四肢和胸腔像是在享受沐浴一般，香气四溢。而在这一整晚之中，花朵们都竞相开放，共享这一盛况，且没有任何一朵是在凌晨到来之前凋谢的。

第十章

墙上的最后一幅画

——眼中的你，笔下的你。

理想的住宅,门牌上写满了睡眠和遐想的字符。居住者身着的衣服里,总是有破碎的声音响起,像一棵大树上所有金黄色的叶子,纷纷叫喊着出逃。这里宛若旷野,寂静而寒冷,人们只能围坐在篝火旁,用饮食代替言语的交流,同时决定着迁徙的方向。老人们纷纷起立,他们颤抖的双手示意所有人都停下来:新的家园,我们应该相互敬畏,宁愿和陌生人一起居住,也不再风餐露宿。

道路两旁的风景,第一次这么温暖;行李,也第一次这么沉重。没有比此刻更为充实的空气了,它的成分该被继续测定和留存。

很久之后,当人们再次晕倒在地,只得砍伐大树来搭建自己新的帐篷。一个小孩望着面前的河流,等他将最后一片落叶带走之后,恰逢火光四处蔓延的时候。从此,他改变了姓氏和相貌,成为一个永远不会长大的孩童。

一月,是说话最少的季节。没有保暖的衣服,只能待在透着微光的住宅楼里。这一天剩下的时间,你只能看到自己默默的躺着不动。

黑夜被你写满了墙角,它渗出的几滴水珠,像脸颊一样冷峻。很多副雕像,很多扇狭窄的小门。它们整齐的排列着,等候着瞬间的震动,灰尘也得以拥有令人自豪的翅膀。

为每一个窗台摆上一盆花,傍晚在那里会看见大片的烟火,那前来观赏的人群,难得有一次互相追逐的机会。

你清洗自己的身体,整个浴室里到处是你模糊的倒影。庆祝的宴会,在你的房间里,谋杀了你独有的一月,你打扫着脚印,都堆积在角落里，想着以后再灌进别人的酒杯。你倒退着，不时的碰倒一些椅子，几天后，你终于又开始和远方的朋友说起了笑话。

在深夜的桥上，我们是被掩埋的两个声音，又何必相互碰撞。夕阳曾染红我们的双眼，令双脚流进了血。我们培育出石头和花草，只为了掩盖患病的身体。彩带般的村庄，像一件轻薄的衬衫，聚集着少年们真切的幻想。他们整日在山谷里游荡，寻找着草丛里的蛇群。斜坡从泥土做的墙角开始升起，通向一大片果园和沟渠。

平躺在河岸的堤坝上，我们数着雨滴上的数字，它们犹如小红伞一样可爱热闹，作为礼物它常常能让别人欣喜若狂。

一支乐曲曾使一个家庭感到不幸，住在对面的我们也变的惊慌，仿佛是我们造成的一样。不用到天亮，我们都跑出去，整个院子已是弥漫着辛酸的泪水，羞愧的种子在敞开的楼梯间里埋藏。

我梦想把野草和石头堆积在那，但那里尽是尘土飞扬，结满了蜘蛛网。

我们的眼睛却因而得到锻炼，为了庆祝，我出去买了一个大灯。它昏黄的灯罩，看起来比窗户更加柔和。

在我们的视野里，不存在比山村更广阔的边界，十八岁之后幽闭的岁月里，亲友们四散分离。在乡村里，我们都向往美好的生活，而道路则成为最威严的标志。

等我们失掉了一匹马，便统统离开多年居住的房屋，一切劝解都没用。

可惜的是舞蹈，我只能观赏一次。在你手中的图画里，一条明亮的线缠住了我们，它阻止了一切相遇以及为此所做的言说。只好沉默，或是站在街道的两边。

下雨天的房子里，黑夜栖身于我身旁的猫拱起的背上。

在这陌生的客房里，我感受到一堵墙的温度，它穿过了长长的路途，到达了你居住的海上。开裂的墙面，湛蓝的天空，都被粉刷上清冷的白漆。飞鸟总是在做巢，它找寻到了自己的那棵大树，也不外乎发出一声响亮的啼鸣。

清晨，我们出发，黄昏就是终点。走了一个上午，每个十字路口都标明了时间，眩晕的时间。这恶劣的风雨天，它令我们的额头滚烫的如燃烧的烈火，我们变的互不相识。

我们创造游戏，并假装在游戏中迷路，沉湎于每一次错误以及随之而来的悔恨，完美的借口，总能蒙混过关。谁也没想到要责备谁。

身体也开始下雨，我的身旁是一位士兵，在山野里奔跑，我们都听从着空中传来的命令，秘密而庄严。

那是暗含着有关几个出走少年的搜寻和下一个节日里人员的回归，令人困倦却又不敢轻视，因此，我们更加在意这些空白的时光，那简直是一件漂亮的衣服，一次难忘的盛宴。

下午，我醒来，被一阵急促的电话铃声吵醒。那又是询问旅馆散发着油漆味的客房的。他们能成群结队，也算是幸运的了。雨季来临的时候，本就是最适合出行的日子。我们在雪白的豆腐摊前偶然碰头，那抹着口红的女老板终于像是好久不见的一位老朋友了，她提起厚厚的裙子走向我们当中最小的一位，从来，她都能用轻声细语讲出令人毛骨悚然的故事。我们在没有胃口，不用出门的时候，会举起那蓝色的旗帜，站在一起，消磨时光。而最后边那个被吓坏的小人儿自始至终都没有说过一句话。

我们都需要一杯浓烈的黄酒，昨晚，我们守在屋顶上，一直等到月亮渗透进几位女子的衣服里才返回。这天稍晚的时候，我们便向另外几个白衣女子发起追逐，没有道德和礼仪，甚至还一脸病容，在即使是一片像极了野兽的足迹的梧桐叶子都异常珍贵的街道里，我们从穿着绿色的清洁工旁边撤退。他们口里都嘟囔的城市历史要比历史书上的灰尘都多。他们一遍遍清扫着我们脚下的碎石子，然后在一面灰白的墙上，我们看到自己难堪的面容被反射过来。

几天前，也许是一个节日的庆祝，或是又有一对夫妻在结婚。那热闹不断的从一条红色的绸缎上退尽，人们从它编织的烟花下蜂拥而出，庆祝的活动像是饥渴的游鱼在穿越解冻的河流。它们撞击两岸的石头，阵阵呼声在荷叶上升起迷雾。从一个深深的巷子里，我们终于走到了这里。而那时心中还惦记的神圣的白衣女子们却早已转进了另一片居民区，那个更为古老的迷宫。从那些房子里会走出白色的狼狗，披着睡衣懒散的老人，我们都十分害怕，一步一个脚印的慢慢逃走。

在回去的路上，总是像重新要被埋进着潮湿的墓穴里，脚步僵硬，手臂下垂，敲打着熟悉的门扉，又一幅几个时代之后的盛景在那第一眼所见的墙面上呈现出来。

在她们走后，桌子被清理的干干净净。

一整个下午，街道上就抓捕到五个逃跑的罪犯，后来才知道那都不过是些小偷小摸而已。一大堆红色的苹果却被掀翻在地，看那个商标，倒是从我们真正的家乡运送过来的。偶尔的雨水和苦胆汁的冷风从各个巷口赶来，在一家妇女医院门口，一对年轻夫妇正在迎接他们刚出生的孩子，准备回家。可是就在一刻钟前，一群人毫无畏惧的从楼顶一跃而下，直接跳到了停在那里的汽车上。之后，他们捶打着玻璃和司机，大声咒骂着，说他才真正妨碍了他们歌曲的高潮。

也许，我们都听错了，他们并没有发出任何声音。他们身着黄色的衣服，举着绿色的牌子，上面画满了树木，窗户，甚至还有一只奶牛。

那位刚出生的婴孩就在众目睽睽之下被抱走了，没有听到后来响起的警报声，尖叫和口哨声。不知是什么地方传来的广播说着令人捉摸不清的话语：你无法再在地上行走，除非你有一双盖满了许可证的翅膀。这里已是冰天雪地，遍布着陷阱，最凶恶的野兽们都已躲了起来。一对小学生整整齐齐的走过来，旁边的水果店老板却充满悲伤的吸光了最后一口烟。他扔掉烟头，望向这群身材矮小的鸟群，不明白这个时候为何他们不在学校里，还没有回家。

这样凄凉而不缺乏热烈气氛的下午一点点过去着，一家家的店铺打开各自厚重的铁门。各个国家的语言都有写在上面，人们走来走去，试穿着宽松的衣服，浅蓝色的衬衫又成为了最时髦的装扮，男女都适宜。随便撞到一棵梧桐树上，都会有你听不懂的关切之语在耳旁响起。等你抬起眩晕的双眼，一脸痛苦的站直了身子，连年纪最大的那位老人也要过来扶你一把，他的太太说不定就在马路对面等着你们很久了，两只宠物猫却按捺不住都开始互相掐架了呢。

在我就要找到一个人口中常常提起的一家花店时，却发现自己穿错了衣服，我把室友的外套给穿了出来，他是一位从南方徒步而来的游客，在我们同住的旅馆里，我们算是比较熟的了。昨晚，我们喝多了酒，没想到会出现这个意外。无奈的叹息过后，眼看着念想了很久的花店变的更加遥远了，我大口喘着气，原路跑回。

几天前，紧紧困住我的那个名为“不夜之城”的旅馆此刻已永久的从手中的图册里消失了，一个巨大的风暴将我卷向了空中，而后又摔落到了遍布着没有护照的外国人和一脸迷茫的失业者的田地里。我重新变换行装，颜容打扮成为了一个马上要进行播种耕地的农夫。这里不会总有明亮的圆月笼罩着你，也没有栖息在月亮之上的生灵跑下来恐吓你，当一场场梅雨又一次翩然而来时，你化身为黄土，与大地一起匍匐着向前翻滚。在厚重的泥土气息里，窒息会像一顿早饭那么短暂。一些灰色的落叶整齐的叠放在一起，它们是你这秋冬最后的滋补。过了这一段时间，你却也要双手奉上同样多的食品，但却是给那些更广阔的丛林，原野，野兽，飞鸟以及蹦蹦跳跳的松鼠们享用，接下来这些新的种子，新的树叶会在湖泊的缝隙里，在山崖的阴影下，不断长出更多繁华的梧桐。在如此悄然临近的静谧时刻，我和你肯定都会在城市的边缘夜不能寐。

一不小心，我便透露了隐藏之地。你的城市，你的星球，在精美的命运之轮所雕刻的圆盘之上自在的旋转着，我只好透过钢丝网和无线电组成的城墙来观测你那神奇的银河。那预言者的几件黑色长袍让我的屋顶降落着流星雨。每个月的前八个小时内，我都会找出一张纸片，写上我们能最快相逢的下一个日期。这个日期将被做成大理石的雕塑，伫立在高山之巅。以后，我从土地里伸出手臂，躯干，最后我终于在丢失了一只鞋的情况下还能站在山脚下。那些你教会我怎么才能辩认的香草，那些曾经环绕着你我的蝴蝶以及盛夏的光环，那些巨大的荧屏下我们的背影，都从太阳底下再一次显现。也许，我碰到了真正的魔法师，尽管我叫不出他们的名字，甚全，偶尔也会和你一样无法辨认出他们的容貌，但我敢说，他们绝对是你的某些召唤仪式里经常出现的客人，那是一群最聪明最狡黠又最忠诚的天使和恶魔们。我又怎么能预知到这么遥远的未来呢？在等待着第一声从你发来的讯息时，我刚从很多不堪的梦境里醒来，早已精疲力竭，满脸病容，医生给我推荐的许多药里，都没有我们喝过的那种酒。

这短短的几分钟里，我又离开了身旁的这些漫无目的四处飘荡的人群，他们的魂魄被悬挂在清冷的日光灯下，冒着蒸汽，是啊，这是多么漂亮的一个早晨，就让他们化为那从烟囱里升起的烟雾吧，当他们消逝的没有一点痕迹时，说不定会开出绚丽而充满荆棘的花朵呢。它们会碰触着我的五脏六腑，恰如那教堂上的摆钟。

这首轻歌的前奏终于告一段落，我就要从某座山顶上下来了，走回到云彩的底端，七色河流的发源地。那里的温泉肯定能疗救一切苦痛的伤痕。那最普通的人经常坐下来，吃饭，聊天，谩骂的地方，将成为我新的宫殿。我还要在这座宫殿里建造起两三间新的房屋和花园，可供我时常仰望与叹息。当然，哪怕是最柔软的柳枝也会萦绕在我那座后花园的每根柱子上。

这是过了多久之后，我又变身为一位建造者了。在过去，我梦想着为自己的房屋添砖加瓦，我心底的图画一张张闪过，但都不能让人满意。那许多白色纯净的别墅，那将阳台禁锢在房屋之内的自私做法，那狭窄的苦闷的没有扶手的楼梯都不是我的最爱。我沿着早已修建好的一个阶梯缓慢思索着，那被砍倒的折断的结实而圆润的树木，在我身上像舞后一般的跳跃起来，它们肆意搭配、穿插着，如此纷乱的线条因为暂时没有窗户和门而变得空虚，这也提醒了我到山下的第一个任务除了是找一片风水宝地外，还得给它捡拾起遗落的窗洞和破旧的门扉。

我摸了摸口袋，有几颗小石子，掏出来一看，却被涂满了各种符号和颜色，我不记得那是什么时候放进去的，但好像就从这个早晨开始，与我就一同出现了。我仔细端详着这些老鹰的眼睛，鸟的翅膀，花瓣和灯丝，手帕以及一半的脸颊……我反复摸索着，终于知道我该住在怎样的屋子里了。没有比住在这些石头里面更好的了，它们散发着神秘的气息，让我以为自己会是从天顶某处坠落的精灵，偶尔能化作星星的模样，在几座星球间来回穿梭，每次都会有一个长长的假期，可以住到世界万物都轮回一遍那么久。

我把它们放回口袋，继续下山的路程。偶然发现了这个秘密，我变得轻松许多。不是洞穴，不是废墟，也不是任一片花园，我不住在这些地方里，我的居所是那些鹰的眼睛，盛开的繁花，以及倒映在清水中的脸颊。这些不是一处处难以追寻到的奇幻景象，而是切切实实存在的伟大建筑。只要我能找到开启它们的机关，那些象征着自然的绿色奇迹，之后，不论是月夜还是烈日炎炎，它都能庇佑你，让你免于受到赤裸裸的将自己呈现给舞蹈之神和雕塑之神时的灼热之痛。此后，你每一次打开或是关闭窗户都是对生命的启示。你的邻居们，那充满喜悦和悲伤的人类，喜欢大笑和争执的一群可爱的人，在各自掌管的孕育的才能下，不断的传播着你水火一般的意志。而当你发出忠告和预言时，你的这些同伴们又慌乱成一团，四处颠倒，碰撞，他们和所有还未谋面的远方来客一样，都感到双脚被束缚住，背后隐隐作痛，好像又被一把利剑刺破了手臂。此番景象渐渐连你也不忍心了，于是你命令雨神降落甘露，拯救哭泣中的女人和小孩。而那些强壮的男人们，你也会给他们新的斧头和铁锤，你趁着他们还熟睡的时候指出一条摆脱困境的道路，最后，天亮了，看见这些人都走向世界的四个方向，你才终于又安心了。等他们走后，你在自己的住所内再次起舞，这是这个新生世界所看到的第一幕，也是最为长久的一幅图像。那些早起的个别人首先将手中的花朵送上，然后也毅然踏上各自的不归之路。

在第一道洪水过后，只有我还像一个酒醉的人在周围游荡。

我，这曾经的建造者，也是一个默默无闻的客人，甚至连一个仆从也比不上。如今，能够在十分满足的喝光了所有的美酒之后，忘却了一切会说的话语，会唱的歌谣，会弹奏的曲子，甚至连建造的本领也消失了。我没有了年龄，没有技艺，我的眼睛总在阳光下眩晕。在一阵踉踉跄跄之后，推开这片貌似荒废了的花园，这里的人早已远去，我四处搜寻着，走向一片红色的丛林深处。在醉意不是彻底让我还没有知觉前，它往往给了我足够的勇气。我大声禀报着自己的名字，原本我是第一个要出发的人，也是第一个来到此地的人，我在河水里生存过，也在月亮下安睡过。此时，我又出现了，海鸥顺便带来了我们的熟人，那些从不安分的星星们，别以为白天你看不见它们，它们早已环绕在你的发丝间了。

我们？再没有我们了。

当我听完这一句极为平静的回声之后，就再也没有力气支持了，我倒下在我酒醉后的背叛之中。

从蘸满水的早晨中醒来。赶往下一个集市，第一辆破旧的马车已在五六点钟出发，我们只好站在路的中间，强制性的跳上了路过的一辆押送偷猎者的汽车。坐在他们中间，脚下是几把摔坏的猎枪和奄奄一息的大鸟。它们的羽毛十分艳丽，舒展而柔软，连最昂贵的风筝上也不会有。因此坐在这上边，即使是被关在冰凉的禁闭房里，我们也心甘情愿。

我们的旅伴似乎镇定许多，完全没有一丝的害怕。在他们毫不在乎的眼里，我们却反而像是被抓捕住的犯人。道路颠簸难走，更加深了我们对即将要见到的热闹景象的渴求。烟花从每个人的手中燃起,让陌生人的面容光彩动人。我们会吃一整天酥软的棉花糖,在没有热气球的年代,只有它会飘进每个人的嘴里。

每当我们穿过一个村庄时,就会惊动那里所有的孩子。他们跟在我们身后能跑很长一段路程。骂我们是坏蛋,还会仍石头,个别早有预料的人还会跳上车来,就这样,我们的旅伴越来越多了。而司机,那几位坐在最前面穿蓝色制服的人,则以一种前所未有的宽容对此视而不见,一点都不加理会。在他们如此纵容之下,我更加担心起自己的安危来了,甚至开始怀疑起他们的身份了。他们每过一个岔路口都会犹豫一下,每过一个检查站都会加快速度,仔细听他们讲话,又都是从外地来的,他们才更像是偷猎者呢。我感到更加的害怕了,但好在终点就在眼前,那个集市,将又能掩盖他们所有的阴谋,但也至少可以保证我们的安全。现在,我心急如焚,甚至希望能发生一场车祸,将这些偷猎者送入两旁的沟渠中,或是一场雪崩,将他们埋入冰冷的地窖。然而,这些幻想瞬间就被一阵刹车声给打断了,我们的目的地到了,昨夜让我们难以入眠的集市就在眼前了。那熙熙攘攘的人群,那早已散发出美妙气息的小吃都在吸引着我。

临走时,他们中的一个人拍了拍我的肩膀,说道:这一路上,多谢你们的陪伴,否则我们会感到很无聊的。没等他说完,我就忍无可忍了,说出了他肯定会拿着猎枪对着我的一句话:你们,所有的人,都不是什么好人,迟早会受到惩罚的。偷猎者,不会有什么好下场的。就在他们的脸色变的快要扭曲时,我们赶紧逃入到人群中去了，紧握的双手早已是出了冷汗。

每天，同样的情形从这慌乱而又充满一点点勇气的遭遇中唤醒着我们，我们就是靠此来积攒生活的经验和智慧。深夜时，尤其是冬天常常没有足够保暖的被褥时，这就会让人想起我们那同样是陷阱和猎杀的奇特日子，很多人被召集到一起，在冰天雪地里奋然前行。在每一个村庄和城市上空飘过时，也会担心自己的右腿会抽搐，那年少时缺乏营养的阴影还时常会在梦中出现。同时看见的是在天空和海洋下，一座雪山正渐渐融化，像是从我们的血液和骨骼里被抽走了。身上的衣服都是穿了三四年的，还有几处皮肤的冻伤，因为如此，我们的忧郁情怀更加重了。我们轻弹着各自的手指，思量着山洪能湮灭那些飞禽走兽，然后再给你铺平一条通往古老村庄的红色道路，那是我们的家乡，热切的期待你的到来。那里河流呈现其真正的绿色，它的子女们欢快的吟唱着歌谣，也会忠心的拜倒在你的脚下，那里，还聚集着被诅咒过的土地之神——花的母亲，她曾因为提前给世人开放而受到惩罚，她同时也是落叶和树根的挚友，常常喜欢在水流当中隐匿身形。你一定会深深的陷入这些草丛中，身体会化为拔地而起的柱子，在你头上将开满新繁衍而出的紫罗兰花。这从古老的山茶花变异而来的旅人，它的眼睛睁的是多大啊，以一种近乎贪婪的神情望向自己广阔的领地。它高于任何一位不服从的侍从，只要它一声号令，泥土破裂，侵略者轻而易举的就能攻陷别人的城池。在这没有名字的草原上，它以后被称为“鹰”。

再次回到从前，我们作为偷猎者的一员，成天在和蓝色的狼群进行搏斗。它们比我们狡诈许多，常常布下陷阱，它们能令那些低贱的野草告知我们的行踪，每次总会不露声色的绕到背后，在这没有任何屏障的光秃秃的山林上，我们是最好的食物。一个同伴被惨烈的撕成碎片，他的哥哥在回家的路上自杀而亡。这桩轰动了整个高原上的惨事彻底惊吓住了人们，一些人变的更为胆小，再没有碰过猎枪。他们撕掉胳膊上绑的红色绸带，扔进垃圾桶，而另一些人则变得更为勇敢，他们集合了更多同族的年轻人，在新的春天里，筹划着一次又一次的报复和围剿。在最后一次的宣誓大会上，那两位牺牲者的母亲突然出现，她头上戴的白头巾还是和当初一样干净，她站在人群正中央，她的小女儿搀扶着她。等到激昂的人群慢慢平静下来时，她开始说话：我就当从没有生过那两个儿子，他们不再是你们的兄弟，也不再是我们这个家族中的人了，这片荒凉的土地里，浸透了你们父亲的鲜血，如今陪葬的人也早走一步，我奉劝你们，还是各自回家吧，你们的妻儿早已哭断了心肠，最后，面对稍有些惊疑未定的那些勇者，她又说了一句，你们的母亲会在你们出发前咽气的。

于是这场孩童间的闹剧便在这位悲痛的母亲干预下提前结束了。那个春天进入了十二月，没有人再到山上去，也没有人再提起过他们的行动，人们都在对一场大雪的渴望中度过一个十分热闹的新年。但最终，即使是在最严寒的那一个礼拜里，依然是一片晴天，偶尔会有一阵冷风吹起几片黄叶，而那还说不定是麻雀不小心撞上了树干而已。

新年之后，人们都接到通知，以后谁都不准再进行偷猎了，如有发现，将会受到被关押的处罚。广播里播出这一个消息时，一位弱小的声音回应道：难道要放走那些刽子手么？当然，没人能听到了。

新年最后一场大雪终于来临，封堵了每一个回家的大门，人们费了好大的劲才能打开门，而某些陈旧的房屋就承受不住了，当人们意识到这是另一场灾难时，已有三四个家庭又失去了他们的某一个成员。

于是很长时间里，不管是集市还是雪堆，都禁止孩子们踏入了，甚至探听消息也会受到责骂。家长们在家里发着脾气，而在外面大家一起时，又各自表现的极为悲痛。那家大家常去的水果店铺一时间不再散发出苹果的清香和梨的可口了，那张挂在墙上金黄色的猎弓早被撤了下来，扔进火炉里，但丝毫也不能温暖这间烟雾缭绕的黑屋子。一群人紧紧挤在一起，愁眉苦脸，一整天也不想回家，那来催着吃饭的孩童，往往会被骂哭着回去。这家广为人知的水果店铺，让他们一起掉落进近在咫尺的深渊，既不能上山打猎，也不能到集市中去大肆喝酒。

以后，这些人将会非常出名，那些刚出生的婴儿们在成年前还会听闻到他们的故事，那悲惨而无助的一代人，害怕到连出去买新衣服、粮食、刀枪都不敢的长辈们。终其一生，他们只是想着要马上埋进黄土，永远的和那些狼群，那些崩塌的雪堆告别。

只有这一群人，当他们中真有人先停止呼吸时，才能在不掉一点眼泪的同时，又表现出一个个都宛若兄弟般的深情模样来。

图书在版编目(CIP)数据

自画像与歌谣/于布著. —上海:上海三联书店,2013.12
ISBN 978-7-5426-4417-6

Ⅰ.①自… Ⅱ.①于… Ⅲ.①散文集-中国-当代
Ⅳ.①I267

中国版本图书馆CIP数据核字(2013)第248033号

自画像与歌谣

著　　者 / 于　布

责任编辑 / 冯　静
装帧设计 / 汪要军
监　　制 / 李　敏
责任校对 / 张大伟

出版发行 / 上海三联书店
(201199)中国上海市都市路4855号2座10楼
网　　址 / www.sjpc1932.com
邮购电话 / 021-24175971
印　　刷 / 上海叶大印务发展有限公司

版　　次 / 2013年12月第1版
印　　次 / 2013年12月第1次印刷
开　　本 / 890×1240　1/32
字　　数 / 150千字
印　　张 / 7.375
书　　号 / ISBN 978-7-5426-4417-6/I·780
定　　价 / 28.00元

敬启读者,如发现本书有印装质量问题,请与印刷厂联系 021-66019858